贵玲没事

一个少年的健康成长密码

仪修文 李懿霖 —— 著

济南出版社

图书在版编目（CIP）数据

贵玲，没事：一个少年的健康成长密码/仪修文，李懿霖著. -- 济南：济南出版社，2025.3. -- ISBN 978-7-5488-7042-5

Ⅰ. I25

中国国家版本馆CIP数据核字第2025LD0115号

贵玲，没事：一个少年的健康成长密码
GUILING, MEISHI: YI GE SHAONIAN DE JIANKANG CHENGZHANG MIMA
仪修文　李懿霖　著

出 版 人　谢金岭
责任编辑　董傲囡　梁　浩
封面设计　张　倩

出版发行　济南出版社
地　　址　山东省济南市二环南路1号（250002）
总 编 室　0531-86131715
印　　刷　山东联志智能印刷有限公司
版　　次　2025年3月第1版
印　　次　2025年5月第1次印刷
开　　本　170mm×240mm 16开
印　　张　11.25
字　　数　100千字
书　　号　ISBN 978-7-5488-7042-5
定　　价　48.00元

如有印装质量问题 请与出版社出版部联系调换
电话：0531-86131736

版权所有　盗版必究

自序 贵玲，没事

别样的童年值得围观

很久以前的一天，我和妈妈一起整理书房，我看见她把看过的部分书和杂志整齐地放进了纸箱。我疑惑地问她："以前的旧书都是送给收废品的赵爷爷，今天为什么要弄得这么规整呢？"

妈妈笑了笑，有点不好意思地说："我想攒着，到时候再买些新书给老家捐赠一个书屋。"

我猜，这应该是她早已萌芽的想法。因为我知道，老家是留存着妈妈若干刻骨铭心记忆的地方。那些包含着苦难和幸福的记忆，如今都成了她宝贵的精神财富，而这些财富又赐予她无穷的心灵的力量，让她在走出村庄以后的岁月中，无论是面对无法用语言描述的磨难，还是在别人看来足以把她打入困苦牢笼的事件面前，她都能凝神静气深呼吸，然后轻拍衫上的灰尘毅然继续前行。

真的，听一听妈妈讲曾经的那些事，我感觉简直无法想象。可是，妈妈说过，生活往往就是这样，有时让人无法想象，有时让人难以预料，有时让人无法从容面对却又别无选择。

2024年盛夏的清晨，在窗外鸟儿们清脆欢快的鸣叫声中，我打开散发着墨香的厚厚的书稿，就好像打开了想象的闸门，一个瘦小的、倔强的大眼睛小姑娘，犹如刚刚抛洒了食物的鱼缸里的小鱼儿，突然就在我眼前活灵活现。虽然20世纪70年代末至80年代初对我而言似乎久远，但所有与小姑娘有关的文字，就像那开闸后奔腾不息的洪水在我面前咆哮着一泻而下，汹涌奔流。

咦，这个叫贵玲的小姑娘，就是你妈妈小的时候吧？当看完这本书的时候，你可能会产生这样的疑问。嘿嘿……我可没有这样说！但是，据我了解，这本书中几乎所有的人物，包括敢于"制造神童"的郎清老师、一语成谶的鲁德明和差点儿为哥哥"换亲"的宋芙蓉，都有现实生活中真实人物的身影。你是不是也像我一样有难以置信的感觉呢？

以前，总有人问我："你妈妈写了肖胡图、李木子等好几个男孩的故事了，为什么不写一个女孩儿的故事呢？"

好吧，我很喜欢妈妈笔下的这个善良、坚强、积极向上的小姑娘，所以就把她的故事推荐给你了，相信你也一定会喜欢她的。

时光知味，岁月沉香。史无文则不生辉，文无史则不深远。一本薄书，记录一段历史；数篇文章，刻画一种人生。

与其说是帮助妈妈修改书稿，不如说是通过文字接受熏陶。这本书让我懂得，生命中有些经历，真的不可预先设想，更不能任意想象。有些人莫名其妙出现了，有些事迫不得已经历了，若干年后再回看，或许会心有余悸，甚至难过不堪，但更多的则是无法忘怀的美好和温暖。

这本书是我妈妈童年的史诗，也是对我未曾见面的姥姥的珍贵纪念。虽然妈妈说因为能力所限不能表达得淋漓尽致，但是，我相信文字之光能够把每一个爱书之人的心田照亮，能够让世界充满智慧和光芒。如果这本书的故事能够提升你的生命体验，能够增强你心灵的力量，我想，妈妈满身的伤痕就可以化为无形的欣慰和坦然。排列组合文字是她业余时间最喜欢做的事，这件事给她带来无限的快乐且对部分人有所裨益——这是她的价值体现，也是她的幸福。这份幸福在别人眼里可能微不足道，但她却如获至宝。

记得刚上学时妈妈就告诉我，她要在陪伴我的同时和我一起成长。的确是这样。自2008年9月开始，我在学校专心学习，放学后读书、画画、弹古筝，修心养性、培养特长；妈妈在单位认真工作，业余时间做公益咨询、撰写文章。当我顺利迈入大学校门，妈妈不仅在教学方面获得了突出成绩，还受邀开专栏、做公益讲座，撰写并出版了八本书。我是看着妈妈写的书长大的，也目睹了妈妈用爱心和学识帮助过不计其数的学生，我相信这些书一定会让无数少年儿童和他们的家长受益。

目前，妈妈为老家捐赠一个书屋的愿望还没有完全实现。不过，妈妈已经自购了几百本新书送给村里的孩子们了，她希望并祝愿这些孩子都能通过努力过上自己理想的生活。妈妈说，以后她还会继续送书给村里的孩子们读。

虽然妈妈始终认为自己很平凡，但我一直觉得她其实不一般。她低调谦逊，也勇敢发光；她品性温和，也不畏风雨；生活让她不得不披上了铠甲，但她始终保持着温柔和善良。即便屡屡身处逆境，她也依然脚踏实地、仰望星空。

我想，这可能与她的童年有关。

2024 年 7 月 5 日
李懿霖

目录

1 我想吓你一跳
　　——危险宛如一位不速之客，时常悄然登场 / 1

2 他也不是故意的
　　——宽容对待别人的失误，可以消除生活之歌里那些突兀的音符 / 4

3 火烧粉条的后果
　　——好奇心是一匹带领我们探索世界的骏马，但要用智慧的缰绳驾驭它 / 7

4 妈妈的话就像一个大炸弹
　　——困难能阻挡踏入校门的脚步，却无法熄灭求知的火焰 / 11

5 这可是传家宝呢
　　——冬日时光寒冷漫长，笔墨犹如良师益友和暖阳 / 13

6 我叫欧阳修文
　　——名字既承载着期望，也像星辰闪烁着光芒，温暖而有力量 / 17

7 留级生有什么了不起
　　——误解源于不了解，也可能来自羡慕和好奇 / 23

8 回家帮帮我
　　——生活就像老师会出难题，选择担当，才能找到解题方向 / 27

9 你一定要争气
　　——有些磨砺就像发电机，能让人更加向往光明，也更懂得珍惜 / 31

10 "大会四姨"
　　——勇于锻炼自己，既能发现潜力，也能让嫉妒远离 / 35

11 赤脚去赶集
　　——他人的呵护和陪伴就仿佛春风拂面，舒畅而温暖 / 42

12 武老师修猪圈
　　——实话实说没有错，但要注意场合 / 47

13 犯规就算输
　　——规则就像明灯指引前行，遵守规则才能行稳致远 / 52

14 制造神童
　　——良好的合作宛如一座桥梁，具有神奇的力量 / 57

15 神奇的作文课
　　——有些真知灼见来自学习和观察，更离不开思考和体验 / 62

16 颗粒归仓
　　——粒粒皆辛苦，是对辛勤劳作的最好诠释 / 66

17 快乐的暑假
　　——充满欢乐与自由的时光，成就了五彩斑斓的童年画卷 / 72

18 林国盛想吃鸡
　　——吃是最朴素的念想，但蕴含着丰富的情感和内涵 / 75

19 识字比赛
　　——汉字能点亮智慧之光，为生活增添别样色彩 / 79

20 彩虹"转指"
　　——无知又不问的行为，往往会带来更大的伤害 / 85

21 神秘的箱柜
　　——每个人都有属于自己的秘密，有时无需揭开谜底 / 89

22 三大爷去世了
　　——送别仪式是传统文化的重要载体，也能强化对生命尊严的认知 / 95

23 你吃到钱了吗
　　——团圆饭具有趣味和寓意，还能增强家人之间的凝聚力 / 101

24 紫色绣花毛衣
　　——接受优秀传统文化的熏陶，有利于培养专注做事、追求美好的品质 / 107

25 你是谁家的孩子
　　——胸怀有多么宽广，世界就有多么美好 / 114

26 孙大壮怎么样
　　——自爱是动力源泉，也是抵御挫折、维护尊严的坚固防线 / 120

27 郎老师可厉害了
　　——走出去，才能看到更广阔的世界 / 124

28 可谓一举两得
　　——文化娱乐能丰富精神、拓宽视野，通过劳动获得机会体验更加深刻 / 129

29 还有救！
　　——盲目尝试的严重后果，使安全意识提升了 / 135

30 谁是穆桂英
　　——少年情感的萌芽，往往以独特而微妙的方式悄然生长 / 138

31 红霞要嫁人
　　——缘分会以意外的方式降临和延伸，仪式感是珍视情感的体现 / 142

32 天哪！换亲？
　　——有效抵制社会陋俗的前提，是强大自己 / 146

33 这是歇后语
　　——朋友是不可或缺的财富，也是心灵的慰藉和力量的源泉 / 149

34 力大如牛的感觉
　　——意外的生命体验，未尝不是磨砺意志的机缘 / 153

35 你归零了没有
　　——归零是重新出发的智慧和勇气，也是坚定前行、不断成长的契机 / 157

36 "神游"变"真游"
　　——世界纷繁复杂，要做保持本真如沧浪之水一般清澈纯粹的人 / 161

37 我决定冒险
　　——勇敢开启一段未知的旅程，或许就能实现自我挑战与突破 / 164

1 我想吓你一跳
——危险宛如一位不速之客，时常悄然登场

那年初夏，我八岁，贵珑五岁。

我右胳膊挎着塞满青草的大篮子，左手提着本该是贵珑挎着的盛着骚蛤蜊的小篮子，疾步往家走着。

"姐姐，等等我！"贵珑一边往前跑着，一边带着哭腔喊。连续喊了几声，或许是发现走在前面的我把他的喊声当耳旁风，他干脆停下脚步，索性蹲在地上，最后通牒似的喊："贵玲！你再不等着我，我就不走了！"

"你再走快点儿，咱早到家就能早点儿吃上蛤蜊肉了！"我一边说，一边把大青草篮子放在地上，使劲儿把夹在青草里的右胳膊抽出来，胳膊上立即出现一道深深的紫红色印迹。在阳光的映照下，一根一根柳条印儿很是醒目。我揉揉右胳膊，不由得咧咧嘴巴。我低头看看小篮子里的那些正吐着舌头的骚蛤蜊，心里又荡漾起快乐的浪花。

我看看远处正蹲在地上耍赖的贵珑，大声说："贵珑，你饿了吧？天这么热，咱如果不早点儿到家，这些骚蛤蜊变臭就没法吃了。"说完，我蹲下身凑近骚蛤蜊闻一闻，还好，它们还散发着从河里摸出来时的腥鲜味道。

贵珑听我反复说有蛤蜊肉吃，胖胖的脑袋顿时高高抬起，他迅速起身快速向我跑来。看着贵珑离我越来越近，我赶紧用左胳膊挎起青草篮子，右手提起小篮子，继续快步往家奔去。

"姐姐，等等我！等等我！"身后又是贵珑的喊叫声。

"你再快点儿！再快点儿！"我回应着，但并没有停下脚步。

就这样，贵珑喊着叫着，我答着应着，终于快到家门口了。

"贵珑，你先把大门打开。"我又一次放下青草篮子，抽出左胳膊使劲儿甩着。我感觉自己的胳膊麻酥酥的，仿佛快要失去知觉了，但我一点儿也不后悔割了这么多青草，反而还开心得不得了。因为在割了满满一篮子青草后，在放牛的老爷爷的指引下，我和贵珑在河里摸了很多骚蛤蜊，回家后很快就可以喝上美味的蛤蜊鸡蛋汤了。我舔舔嘴唇，就好像刚刚喝完蛤蜊鸡蛋汤一样。我清楚地记得去年的这个时候，邻居王婶儿送来一些骚蛤蜊。妈妈把肉剥下来，去掉黑色的砂囊、洗净，又摘洗了一把韭菜，切成小段，然后开始烧火……不一会儿，美味的蛤蜊鸡蛋汤就出锅了。我喝了两碗，贵珑喝了好几碗，当然，他那个碗很小。

我一边想一边擦了擦满头的大汗，再呼扇呼扇已经被汗水粘在后背的衣衫，感觉很有成就感。

也许是看到大门就在眼前，贵珑忽然就来劲儿了，他"咚咚咚"就跑到我前面去了。等我走近门口一看，两扇大门已经敞开，但是我并没有看见贵珑在院子里。我顾不得多想，冲着院子兴奋地喊："妈妈，我们摸了很多骚蛤蜊！"

可是，就在我的一只脚刚刚迈进门槛的一刹那，左边的一扇大门突然极速向我迎面扑来，猝不及防，我的额头"砰"地就与大门撞上了。

"哎呀！"我应声倒地，只感觉眼前一阵发黑，然后就不省人事了。

不知道过了多久，我听见妈妈轻轻地叫着："贵玲——12356……"

我睁开眼睛，不知道发生了什么，只感觉自己的脑袋昏昏沉沉的。

"妈妈，我这是怎么啦？"我不解地看着妈妈。

"我推大门把你撞倒了！"贵珑说，"我就是想吓你一跳！"

听贵珑这么说，我隐约记起自己好像被什么碰倒了。我感到额头有点儿疼，用手一摸，摸到了一个疙瘩。

妈妈看看我的额头，说："咱家大门是用槐木做的，很沉很重。贵珑，你人小劲儿大，以后可不能再做这么危险的事了！"贵珑连忙答应着。

我看见散落在地上的骚蛤蜊，立即说："妈妈，我和贵珑摸了很多骚蛤蜊呢！"说着我就想伸手去捡。

妈妈制止了我，说："贵珑，别傻站着了，赶快把这些骚蛤蜊捡起来，中午我做蛤蜊鸡蛋汤。"贵珑听到妈妈的吩咐，赶紧手忙脚乱地收拾散落在地上的骚蛤蜊。

妈妈扶着我站起来，慢慢松开手，确定我并无大碍之后，说："你先去炕上躺一会儿，等贵玥醒了，给她换块尿布。"然后，妈妈从篮子里抽出几把青草放在兔子笼里，又把青草篮子放到大门后边的阴凉地上。

我慢慢回到屋里，爬上炕，躺在正在熟睡的贵玥身旁。贵玥已经十个多月了，她长着大大的眼睛和长长的睫毛，一头浓密的微微卷曲的头发。贵玥长得最像妈妈，可好看了。

我闭上眼睛，感到非常累，很想好好睡一觉。嗯，趁着妹妹还没有睡醒就好好睡一觉吧。这样想着想着，我就真的睡着了。

2 他也不是故意的
——宽容对待别人的失误，可以消除生活之歌里那些突兀的音符

"我家的！""我家的！"

"我家的！""我家的！"

我惊醒了。我听见贵珑和人吵架的声音，赶紧下炕趿着鞋就往外跑。

"怎么了？"正在厨房忙活的妈妈看见我火急火燎地往外跑，不解地问道。

"好像贵珑和别人吵架了，我出去看看。"我一边回答，一边快速跑出家门。

我看见贵珑和一个又高又瘦的大男孩儿面对面站着，男孩儿的手里抱着一只大黑兔。

"发生什么事儿了？"我把手搭在贵珑的肩上，问道。

"咱家的大黑兔跑出来了，我亲眼看见的，他非说是他家的。"贵珑指着对面的男孩儿，底气十足地说。

"我家的兔子和这只一模一样，应该是我家的跑出来了。"那男孩儿十分肯定地说，"你看，我抱着它，它可老实了。"

"我家的大黑兔就是很老实，我姐姐也知道，我经常和它玩儿。"贵珑瞪着炯炯有神的大眼睛，似乎非得把兔子要回来不可。

这时妈妈来到大门外，简单地问了问情况后，就对那男孩儿说："我怎么没见过你呢？你家在哪里住啊？"

男孩儿指一指我家前屋，说："我家就在前面。"

妈妈似乎明白了什么，说："哦，我知道了。如果你确定这只兔子是你家的，你就抱回去吧，别让它再跑出来了。"

"不行！不行！不行！"听妈妈这么说，贵珑急眼了，一把抓住妈妈的手，说："妈妈，我亲眼看见的，这就是咱家的大黑兔，不信你回家看看，兔子笼里肯定没有了！"

那男孩儿不管贵珑嚷嚷什么，马上抱着兔子一溜烟儿跑了。贵珑眼巴巴看着男孩儿远去的背影，撇着嘴都要哭了。

妈妈一手搂着贵珑，一手牵着我，说："走，咱们快回家吧，蛤蜊鸡蛋汤凉了就不好喝了。"

回到家，妈妈到厨房去了。我和贵珑都闷闷不乐地洗手，不约而同地看了看空空的兔子笼，不明白妈妈为什么要这样做——明明是自己家的兔子，竟然在自家门口硬生生地被别人抱走了。

妈妈刚把蛤蜊鸡蛋汤端上饭桌，我就听见有人推门进来了。来的是一个中年女人，瘦高个，手里抱着那只大黑兔。

女人一进门就笑嘻嘻地说："真不好意思！我家熊孩子把你家的兔子抱回家了！"听她的口音，似乎不是本地人。

妈妈赶紧出门并伸手接过大黑兔，笑着说："没事儿，没事儿，谁让咱两家的兔子长得一个模样呢！"

我拿了板凳，说："婶子，坐下喝碗蛤蜊汤吧。"

女人连忙摆摆手，说："你家孩子真懂事！狗剩儿能有你家孩子的一半我就满足了。你们赶紧吃饭吧，我走了！"说完，女人就往外走。

"回家后别再批评孩子了，他也不是故意的。"妈妈抱着大黑兔，说着话把女人送出家门，然后把大黑兔放进了笼子里，并盖好盖子。

贵珑跑到院子里，看着失而复得的大黑兔，开心得又蹦又跳。

"妈妈，你是怎么知道大黑兔会被送回来的？"我问妈妈。

"我不知道啊！"妈妈看看我，笑着说。

"那为什么还真让那小子把大黑兔抱走了呢？万一他们不还给咱们了怎么办？"我耸耸肩，感到疑惑不解。

妈妈笑了，说："在咱农村这种黑兔很普遍，那孩子认错了也难免。等他抱回家后发现自己家的兔子还在，不就应该给咱送回来吗？就是他不愿意送回来，他父母也不会把兔子留下。"

我和贵珑都静静地听着妈妈说话，我觉得妈妈就像奶奶说的：懂得很多很多。

我和贵珑如愿以偿美美地喝了好几碗蛤蜊鸡蛋汤。

3 火烧粉条的后果
——好奇心是一匹带领我们探索世界的骏马，但要用智慧的缰绳驾驭它

这天吃过早饭，妈妈背着一袋麦子去村里的磨坊磨面，出门前再三叮嘱我一定要照看好贵玥。我满口答应了，趴在正睡觉的贵玥身边看小画书。我虽然还没有上学，但是妈妈已经教我认识了不少字，结合着栩栩如生的图画，也能看出点儿小画书表达的意思。

我正看得入迷，忽然听到门外有人大声喊："起火了！起火了！"

我一骨碌爬起来，侧耳倾听，只听到外面一片嘈杂声。我看看还在呼呼睡觉的贵玥，放心地下了炕，跑到大门外。

门外的景象让我瞬间惊呆了。我看见自家仅有的草垛正冒着浓烟，草垛边上的草已经烧起来了，火苗蹿得很高。一群男孩儿远远地站着、愣愣地看着，贵珑正站在草垛的旁边不知所措。

我迅速跑过去，一下子把贵珑拽到远离草垛的地方。

"你不知道站在草垛边上很危险吗？这是谁点的火？"我大声说。

"我点的。"贵珑的大眼睛里充满惊恐，他喃喃道："他们说可以把粉条烧熟了吃，我想试试看是不是真的，结果就着火了。"我看见贵珑手里还捏着一盒火柴。

草垛浓烟滚滚，我呆呆地站着不知道自己应该干什么。但我很清楚，如果大火继续烧下去，家里就没有柴草做饭了。

"都别傻站着了，赶紧回家取水救火！"邻居王婶儿正好路过，她一边大声说，一边径直冲进我家，立马提了一桶水出来泼在草垛上，然后又快速返回去继续提水。

我如梦方醒，回家端起一脸盆水，跑出来把水泼在草垛上。其他大一点的离家近的男孩子也都回家取水去了。

一阵混乱之后，火终于被扑灭了。这时，妈妈也背着面袋子回来了。她看见凌乱不堪的大门口和一片狼藉的草垛，瞬间就明白发生了什么。

妈妈对王婶儿说："孩子们都没事吧？今天多亏了你！"

王婶儿摇摇头，说："孩子们倒是没事儿，就是你家草垛没有了。"

我看见妈妈的眼里泪花在闪。这个草垛是妈妈辛辛苦苦积攒起来的，是做饭必须用的。妈妈一定在发愁：没有了这些柴草，以后用什么烧火做饭呢？

王婶儿说："你不用担心，没有草烧的时候，就去我家的草垛拿。"

说话的空儿，那几个男孩子就像破篓子捉泥鳅——走的走，溜的溜。

回到家，妈妈从贵珑的手里拿走了火柴盒，一边抱起睡醒的贵玥一边说："贵珑，你以后可不能再玩火了，这可是独木桥上唱猴戏——不要命。今天万幸没有伤到人，也没有引起别人家的草垛着火，否则，后果就很严重了。"

贵珑耷拉着脑袋站着一动不动，可能他不再好奇粉条是否可以用火烧着吃，但他一定很后悔在草垛边点火，我想。

我忽然觉得，接下来最重要的事，是到田野里捡一些柴草回来。我立即来到院子里，挎起一个篮子，觉得有点小，又换了一个大一点的，悄悄地走出了家门。

我刚出门就碰见了芙蓉。芙蓉和我同岁，她生在年初，我生在年末，但芙蓉的个子足足比我高出了一头。别看芙蓉又高又瘦，但她并非弱不禁风，她可是敢拉倒老虎当马骑的家伙，村里的男孩们都不敢招惹她。

芙蓉看看已被烧毁的草垛，又看看我挎着的大篮子，小心翼翼地问："你这是要去拾草吗？"我点点头。

芙蓉毫不犹豫地说："我陪你去吧。"

于是，我俩默默地来到村后的田野。五月的天空下，一片片麦田随风舞动着。放眼望去，田野里全是麦子，即便是大路两旁，也是青草正青、野花竞相开放，哪里有可以做烧草用的东西呢？我愁容满面。

芙蓉说："我记得前面河边的树林里有很多枯树枝，要不，咱俩到树林里去看看吧。"我抬头看了看远处的树林，再看看空空的硕大的篮子，点头响应。

我和芙蓉满怀希望地疾步快行，不一会儿便来到河边的树林里。可是，很快我们俩就像拉了架的瓜秧——蔫儿了下来。因为无论是高高的白杨树、低矮的垂柳，还是大大小小的槐树，都是枝叶繁盛、郁郁葱葱，那些曾经的枯枝烂叶，早就已经被勤快的人们收到家里去了。

我俩不死心地在树林里来回穿梭，左看看，右瞧瞧，找啊找啊，只找到几根刺槐枯树枝，我如获至宝，赶紧把它们折断后放在篮子里。

太阳已经站在了头顶，我和芙蓉不约而同地说："咱俩回家吃饭吧。"

于是，我挎着那个硕大的只放着几根枯树枝的篮子，垂头丧气地和芙蓉一起往家走。

对这场大火的后果来说，这几根树枝就像是月亮下晒谷子——根本不顶事儿。今年收割麦子以后，必须得好好珍惜麦秸了，我边走边想。

4 妈妈的话就像一个大炸弹

——困难能阻挡踏入校门的脚步，却无法熄灭求知的火焰

八月底，村里发生了一件大事：适龄的孩子开始报名上学了。

我已经八岁，符合上学年龄，我期待这一天已经很久了。

学校位于村里的十字大街旁边。学校门口的两扇大门由厚厚的木头制成，门上钉着又大又黑的铁环，底下是高高的门槛，两边是又宽又厚的门框。大门的两边分别趴着一只足有一人高的石狮子，样子很威严。

就在八月前，我曾经背着贵玥跟着王婶儿的女儿红霞去学校逛了一圈。据红霞说，这所学校是由一个大户人家的家宅改建成的，至于这户人家姓什么、干什么、现在又去了哪里，却一无所知。红霞还说，管他原来是谁的家呢，现在变成了学校，咱能来上学就是了。

迈进学校的大门槛，里面是宽敞的四合院。东西两边稍微小一点的房子是老师们的办公室，北边一排高高的房子是一个个教室。教室里一排排油亮油亮的长条木板是学生们使用的课桌，课桌下面是一些形状不一的小凳子。这些小凳子都是学生从家里拿来的。参观完学校后我就让爷爷专门给我做了一个小板凳，准备上学的时候用。

一得到可以报名上学的消息，我背着贵玥跑回家告诉了妈妈。妈妈

正在缝制衣服,听我说要报名上学,她停下手里的活儿,静静地看着我,没有立即说什么。

我瞪大眼睛,满怀期待地看着妈妈,只要她答应了,我就可以拿着小板凳去学校上学了。

可是,妈妈满脸凝重,似乎还夹杂着痛苦的表情。她叹了一口气,说:"我知道你早就盼望着上学,我也想让你早点去学校。可是,贵玥这么小,你爸爸在外地上班,你奶奶要给你叔叔家看小孩,咱家地里的活儿比较多,我一个人实在是忙不过来。要不,你先帮我看一年贵玥,明年再上学吧。"

妈妈的话就像一个大炸弹,瞬间就把我的希望和期待炸得粉碎。我扭头看看背上正咿咿呀呀的贵玥,再看看妈妈瘦削憔悴的脸,无奈地、沮丧地低下了头,算是答应了。

就这样,八岁的我遗憾地与学校擦肩而过。每天到了上学时间,我就用奶奶做的背带背着贵玥来到学校大门口,眼巴巴地看着别人兴高采烈、有说有笑地迈进学校的大门,心里羡慕得很,却又无可奈何地看着。

不过,有一个人让我的遗憾大大减少了,这个人就是芙蓉。

芙蓉上学以后就有了自己的学名:宋芙蓉。我还是习惯性地直接喊她的小名芙蓉,她一点儿也不介意。不仅不介意,她还把自己在学校里学到的知识及时地告诉我,甚至用树枝在地上写给我看。我也很积极地学习,什么汉语拼音、数字加减,等等,都是芙蓉教我的。我背着贵玥用树枝在地上一遍一遍地划拉,很快也就学会了。这让我很有成就感,也非常感谢好伙伴芙蓉。

5 这可是传家宝呢
——冬日时光寒冷漫长，笔墨犹如良师益友和暖阳

那年冬天异常寒冷。一场大雪过后，屋檐下会挂着一根根冰凌，在冬阳下晶莹剔透，但却持久不化。我缩着脖子来到院子里，用杆子打下几根，冰凌掉落在地上瞬间就摔碎了。贵珑迫不及待地找了一段儿干净的，用棉袄袖子擦了擦就放到嘴里，然后龇牙咧嘴一阵子，样子很好笑。我拿一根小冰凌回到屋里，从糖罐里弄点糖抹在上面，贵玥只是舔一舔，就噘着小嘴夸张地打了个寒战。

尽管寒冷，只穿着空心棉袄和棉裤的贵珑依然天天跑到街上和小伙伴们玩耍。每次从外面回来，他的耳朵和脸颊都被冻得通红通红的。吃饭的时候，看着他拿着煮地瓜的满是冻疮的小手，妈妈满眼里都是心疼。

没有办法，谁让他是男孩子呢！如果像我一样，妈妈给一把剪刀、几块布条和一个针线笸箩，我又剪又缝，缝了拆，拆了再缝，整天坐在炕上也是可以的。

那天，吃完早饭后贵珑又要往外走。妈妈说："先别出门，我给你看样东西。"

"什么东西？"贵珑立即停下脚步，大眼睛里充满好奇。

妈妈半跪在炕前的地上，使劲儿把手伸到柜子底下，掏出一个小包裹。包裹已经布满了灰尘。妈妈小心翼翼地拿着包裹来到院子里，用笤帚扫了扫包裹上的灰尘，然后立即回到屋里。

我和贵珑赶紧凑上前去，看着妈妈把包裹放在炕上，先打开一层黑乎乎的油纸，再打开已经泛黄的报纸，最后打开一层红布，一块黑乎乎的石头就出现在我们面前。石头的纹理非常好看，似乎还微微发光，但中间是凹下去的，还缺了一个角。

我和贵珑都不由自主地伸手去摸那块石头，凉凉的，滑滑的，仿佛摸在冰块上一样。

"妈妈，这是什么？"贵珑试图拿起石头，但失败了。

"这是砚台，很沉的。"妈妈说着，又从包裹里找出一块用报纸包着的又黑又小的东西，说："这是墨锭，研墨用的。"

妈妈拿来一小碗凉水，轻轻地在砚台里滴了几滴，然后拿起那块墨锭，开始在砚台里画大圆。

贵珑迫不及待地喊："好玩！好玩！妈妈，我能试试吗？"

妈妈笑了，说："研墨可不是一件简单的事情，你要想玩儿，就乖乖地待在家里，别再往外跑了。"

"好！我不往外跑了！"贵珑的眼睛紧紧盯着砚台，就像小鸡啄米似的连连点头。

妈妈把墨锭给了贵珑，贵珑就像接到宝贝一样，喜滋滋地学着妈妈的样子，开始在砚台里画大圆。他那专注的神情，简直与那个流着鼻涕四处窜着玩儿的男孩判若两人。

"妈妈，这个砚台上的花纹真好看！"我说。

妈妈依然笑着说："这可是经过精雕细琢的，是传家宝呢！"

"那它一定很珍贵，可是为什么缺了一个角呢？"我问道。

妈妈的笑容立即消失了，她看着我，欲言又止。片刻之后，她长叹了一口气，低声说："是你姥姥没保护好，不小心碰掉了一个角。"

贵珑并没有理会我和妈妈的对话，他一边用长着冻疮的小手很灵活地使劲画大圆，一边问道："妈妈，怎么才算研好墨了？研墨干什么用呢？"

妈妈没有回答，她把饭桌搬到炕上，又把一块帆布铺在饭桌上，再把一些旧报纸铺在帆布上，然后打开一个小布包，里面是几只毛笔。

妈妈让贵珑停止研墨，然后用毛笔蘸了蘸墨汁，开始在报纸上写字。我是第一次看妈妈写毛笔字，看着她从容地握着笔，气定神闲地一笔一画写字的样子，觉得妈妈简直就是从小画书上走下来的仙女。

"我也要写字！"贵珑跳上炕，大声嚷嚷道。

妈妈写了上、下、大、小等几个我认识的字，端详了一番说："很久没写字了，有些手生。以后，你们俩就在家里研墨、写字吧。"

贵珑迫不及待地拿起毛笔，要照着葫芦画瓢，但妈妈制止了他。妈妈拿起毛笔，一边展示一边讲解："先用食指与拇指一起捏住毛笔，把中指缠绕过来，让笔位于中指的第一指节和第二指节之间，然后再用无名指和小拇指抵住笔，这样拿笔就稳了。拿笔姿势对了，就能控制好软软的毛笔，这样才能写出好字。"说完，妈妈让我和贵珑都拿笔试了试，并随时进行了纠正，然后，我和贵珑就各自忙活起来。

从那以后，每天吃了饭，贵珑不再急着出门玩耍了。有时小伙伴们在门外吆喝了半天，他也似乎没听见。贵玥乖乖地当观众，我和贵珑轮换着写字或者研墨，我们按照妈妈教给我们的方法，用买来糊墙的旧报纸反复练习横平竖直，乐此不疲。

研墨练字使得冬天的日子过得很快。不知不觉中，那块墨锭几乎用完了，贵珑手上的冻疮慢慢好了，新年的脚步也近了，和妈妈一起准备年货替代了研墨写字的生活。大扫除、贴春联、放鞭炮、看高跷……热热闹闹的正月一过，春天就来了。我和贵珑又挎着篮子来到田野里，拾干柴、挖荠菜，在温暖的春风里奔跑撒欢儿，我们都像麦苗一样生机勃勃。

不知从什么时候开始，那块陪伴了我们大半个冬天的砚台，从我的视线里消失了。

芙蓉因为冬天患了重感冒，功课落下很多，年后就干脆休学了。

我很遗憾地对芙蓉说："你不去上学真是可惜了。"

芙蓉摇摇头，说："这样也不错，今年咱俩就是同班同学了，多好啊！"

6 我叫欧阳修文

——名字既承载着期望，也像星辰闪烁着光芒，温暖而有力量

这年的八月底，九岁的我终于背起书包迈进了学校的大门。

入学后的第一件事，就是要取一个学名。

妈妈说："我已经想好了，你叫欧阳修文吧。"

我高兴地答应了。我早就听奶奶说过，妈妈上学时写的作文经常被老师在班里宣读表扬，她给我起的名字一定是非常有意义的，虽然我并不知道这个名字的意义是什么。

"贵玲，你叫什么名字？"班主任武老师问。

班里的同学都哈哈大笑，七嘴八舌地嚷嚷道："不是叫贵玲吗？"

"我叫欧阳修文。"我站起来，非常认真地回答。

"嗯，好！这是你妈妈给起的名字吧？"武老师一边往花名册上写，一边说。

"报告老师，我的名字就是我妈妈给起的。"我一本正经地回答。因为我背着贵玥在学校大门外的时候，经常听见有学生大声地喊"报告老师"。

"嗯，你妈妈可是上过家塾的人，识字解文呢。"武老师说。

我感到很自豪，连老师都夸奖妈妈识字解文，妈妈给我起的名字该有多好！

可是，班里的同学却不这么认为。一下课，几个男孩子就围拢过来了。

"你妈妈怎么给你起一个男孩子的名字？我大爷就叫常玉文，你看，男人的名字才叫什么'文'。"高个子常金罡认真地说。

"嘿嘿……"矮个子鲁德明笑了笑，说："咱村里什么东西带着'文'这个字儿？蚊子啊，蚊子龟儿啊……"别看鲁德明平时就像个锯了嘴的葫芦闷声不响，他想说话的时候，那嘴巴瞬间就像缺了门牙似的不关风了。

"你才是蚊子！你才是蚊子龟儿呢！"听到鲁德明这么说，我正不知怎么反驳呢，芙蓉不知从哪里突然窜了过来，一边说一边伸手抓住了鲁德明的胳膊，她使劲儿摇晃了几下，继续说："鲁德明，你别屎壳郎打喷嚏满嘴喷粪，你再胡说八道，看我怎么收拾你！"

"我又没说你！"鲁德明一边挣扎一边反抗着。但是，从小在一个街头玩耍，他知道芙蓉的厉害，看她卡住了自己的胳膊动弹不得，知道她确实急眼了，鲁德明就赶紧服软告饶，直到芙蓉松开了他的胳膊。

中午放学回家的路上，我对芙蓉说："芙蓉，实话实说，你觉得我的大名像一个男人的名字吗？"

芙蓉点点头，说："其实我觉得常金罡说得挺有道理的，你看你的小身板儿这么柔弱，应该叫个什么花啊、香的，更符合一些。"

听芙蓉这么说，再想到鲁德明竟然联想到了人人厌恶的"蚊子""蚊子龟儿"，我心里感到很不舒服，如果以后被人家给起个"蚊子龟儿"

的外号就麻烦了！我忽然对"欧阳修文"这个名字产生犹豫了。

吃午饭时，妈妈问我第一天到学校发生过什么事，我没有回答，只是很认真地问妈妈："您觉得欧阳修文这个名字很好，是吗？"

"挺好啊！我上小学的时候，老师曾经说过一个词叫'偃武修文'，到现在我还记得呢。怎么啦？你不喜欢？如果实在不喜欢，你就自己想一个名字吧。"妈妈说。

"我真的可以给自己起名字吗？"我有点儿不相信自己的耳朵，我还以为"欧阳修文"是妈妈反复考虑的名字不能轻易改掉呢。

"当然可以啦！"妈妈说，"以后是你叫这个名字，最起码你自己得喜欢。不过，你起的名字最好带着'修'字，因为你是'修'字辈的。"

"嘿嘿……"我很开心地笑了，我知道妈妈从来不强迫我们做什么。

匆匆吃完饭，我把让我讲故事的贵玥弄到炕上，塞给她一本小画书，然后就双手托腮挖空心思地想名字。

就像芙蓉的名字似的叫欧阳贵玲？我摇摇头，觉得不好听。就像芙蓉说的那样叫欧阳香、欧阳花？不行不行，我立马就否定了。想来想去，很快就到了上学时间，我只好赶紧上学去。

上学的路上，我和芙蓉不期而遇。芙蓉问："你妈妈让你改名字吗？你想好了没有啊？"

"我妈妈倒是同意我自己起名字，但是起名很难，我还没有想出来！"我摇摇头说。

"我给你想了一个名字。"芙蓉说，"今天我听见哥哥在唱'日落西山红霞飞，战士打靶把营归'，要不，你叫欧阳红霞吧。"

欧阳红霞？似乎不错，毕竟"红霞"俩字能被写进歌里，作为名字应该是挺好的。再说，我也很喜欢傍晚太阳落山时满天的彩霞。

"可是，这个名字不带'修'字，我妈妈说起的名字最好带着'修'字，因为我是'修'字辈的。"我说。

"排辈儿是男孩儿的事，咱女的就不用了吧。你看咱班的女生，我、张牡丹、孙菊花，这些名字哪有排辈儿的？"芙蓉说。

"那倒是。"我说，"好，就这么定了！"我如释重负，和芙蓉手拉着手蹦蹦跳跳地来到了学校。

"欧阳修文！蚊子龟儿！"教室门外的鲁德明远远地看见我，大声地喊。

"鲁德明，你知道吗？蚊虫遭扇打，只为嘴伤人。你别再胡说八道，她不叫欧阳修文了。"芙蓉扬扬胳膊，做出要打架的样子。鲁德明知道自己刚才的话又披蓑衣救火——惹（祸）火上身了，赶紧做了个鬼脸跑开了。

上课了，武老师一走进教室，我就把改名字的事儿告诉了他。武老师先是一愣，接着摇摇头，自言自语道："嗯，愿意改就改吧，你妈妈怎么会同意改呢？你一个才出壳的小鸡儿——嫩得很。"然后就在花名册上，把欧阳修文改成了欧阳红霞。

可是，欧阳红霞的名字只被叫了两天就"夭折"了。

那天，在放学回家的路上，我正和芙蓉谈论着班里的事情，一个身影拦住了我俩，是红霞。红霞已经是初中生了，用我妈妈的话说，她长得眉清目秀、亭亭玉立。

"姐姐，你也放学了？"我首先打招呼。

红霞并没有回答，她满脸怒色地问道："听说你的大名叫欧阳红霞？"

"是啊是啊！还是我帮她想的呢！"芙蓉不等我说话，抢先回答。

"你得把这个名字改了。"红霞并没有理会芙蓉，她只是看着我，不容置疑地说。

"为什么啊？"我一头雾水。

"你忘了我的小名了吧？"红霞白了一眼芙蓉，很显然对我的一脸无辜不以为然。

"哦！天哪！"芙蓉一声惊呼，"真的忘记了，你的小名就叫红霞吧！"

我也恍然大悟，怪不得红霞有这个脸色，原来她真的生气了。

"对不起啊姐姐！我真的忘记了。"我连忙道歉。

红霞舒了一口气，说："算了，你赶紧把名字改了就行！"

于是，第二天，我又找到武老师，说："报告老师，我不能叫欧阳红霞了。"

武老师看我一本正经的样子，"噗"的一声就笑了，他慢条斯理地坐下来，问："怎么，又想出什么好名字了？是欧阳彩云，还是欧阳白雪？"

"老师，我还没有想出来，实在不行还是叫欧阳修文吧，至少没有重名的。"我说。

"我早就说了，你妈妈是个有文化的人，古代有个大文学家叫欧阳修，你妈妈给你起名字叫欧阳修文，是希望你将来做个有文化的人，她给你起的这个名字就很好！你东改西改的，真是戴着斗笠打伞——多此一举。我看就这么定了吧，你就叫欧阳修文，不要再改了！"武老师说。

从此以后，我的大名就叫欧阳修文了，尽管鲁德明等男生有时候还会喊几声"蚊子龟儿"，但是，我并不生气，我知道这些男生其实并无恶意，只是调皮而已，班里互相起外号是再正常不过的事儿。

名字的事情就这样定下来了，除了上课时被喊大名，其余时间大家还是叫我"贵玲"。我也没觉得有什么不妥，名字嘛，不就是让大家叫的吗？

7 留级生有什么了不起

——误解源于不了解，也可能来自羡慕和好奇

因为晚一年上学，我成了班里除芙蓉之外年龄最大的学生，有不少同学以为我和芙蓉一样也是留级生。课堂上我总是积极举手发言，每一次小测评的成绩在班里都是遥遥领先，但有些学生总觉得理所当然，说留级生学过一遍了，学得好是应该的，个别人甚至还对我翻白眼。

对此我一无所知。直到有一次语文考试，我不但考了第一，而且还得了 100 分。这是我上学以来获得的第一个满分，我自然是肚脐眼儿插钥匙——开心不已！放学后我立即拿着试卷往家跑，想快点儿告诉妈妈这个好消息。

快到家门口的时候，我遇见了住在前屋的林国盛，对！就是那个曾经抱走我家大黑兔的男孩子。因为林国盛个子高，所以坐在教室的最后一排。虽然坐在最前排的我几乎没有和他说过话，但是，兴奋难抑的我还是忍不住说："林国盛，你看，我考了 100 分！"

林国盛面无表情，冷冷地说："我知道，老师不是在班里表扬你了吗？有什么了不起的！留级生！"说完就一溜烟儿跑了。

什么？留级生？我站在那里先是一愣，然后心里马上就愤愤不平。

我气呼呼地回到家里，把试卷交给妈妈后就坐在炕上不说话。

妈妈一看试卷上的100分顿时乐开了花，说："不错！考了100分应该高兴才是，怎么还噘着嘴呢？"

我说："妈妈，你说气人不气人？咱家前屋的林国盛，就是去年抱走咱家大黑兔的那个狗剩儿，竟然说我是留级生！"

妈妈一听就笑了，说："他叫林国盛啊！他是跟着他妈妈从外村搬过来的，可能不了解情况。"

"他怎么会不了解情况呢？咱和他前后屋住着，还经常在大街上遇见。我看他就是成心胡说八道！"我想不通。

妈妈走过来拍了拍我的肩，很严肃地说："山有百草，人有百性。这个林国盛也可能是挨揍打呼噜——假装不知道。但是，就这点事儿你也犯不着生气啊！坐得船头稳，不怕浪来颠，你是不是留级生有老师作证，那些人胡说八道就像草梢上的露水一样——长不了，所以你根本就不用在乎。"

听妈妈这么说，我忽然觉得心里亮堂了。我立即跳下炕，从妈妈手里拿过试卷，再次看着那个大大的100分，心里美滋滋的。

"嘿嘿，反正我考了100分！"我说。

妈妈看着我，又笑着说："用心计较般般错，退步思量事事宽，你得学着心胸宽广一些，也许林国盛只是说着逗你玩儿呢。"

"嗯嗯……"我就像小鸡啄米似的连连点头。

可是，"我是留级生"这件事似乎并没有结束。期末考试以后，班里要评比三好学生。这是我上学后的第一次综合评比，虽然我获得了年级第一的好成绩，但对于能否评上三好学生我心里还是没有底儿。

课间时，我和芙蓉正在玩耍，忽然听到林国盛大声嚷嚷着："咱班里不是有留级生吗？留级生已经学了一遍了，考试分数高是应该的，成绩好就评为三好学生好像不公平吧？"

有些不明真相的学生也随声附和，说："就是。都学了一遍了，有什么了不起的！"个别人还莫名其妙地朝我这边指指点点。

我愣了，问芙蓉："他们好像还以为我是留级生！"

芙蓉说："别理他们！他们是在说我呢！"然后就跑到林国盛等几个男生面前，说："没错儿，我是留级生，但欧阳修文不是，她只是上学晚。"

可是，芙蓉这样的当众解释好像也无济于事。林国盛说："上学晚，年龄大，学习好也是应该的，比我们多吃了一年粮食嘛！和我们一起评选也是不公平的呀！"其他男生听了都哄笑起来。

我呆住了！难道林国盛跟着他妈妈搬到村里来就是和我作对的吗？我没做什么惹到他的事情啊！

"我看林国盛就是因为嫉妒你才故意那样说的！他学习成绩也不错，肯定也想评上三好学生。"芙蓉十分肯定地说。

"他说得对，我确实比他大一岁。"我说。我觉得自己能来上学已经很幸运了。如果妈妈让我继续在家照看贵玥，我也只能顺从。所以，能上学是最重要的事，如果能评上三好学生当然最好，评不上也改变不了我学习成绩优秀的事实。

没想到芙蓉偷偷地把这件事告诉了武老师，武老师当着全班同学的面说:"俗话说得好:未量他人,先量自己。咱班里有个别同学没有头脑,典型的矮子看戏——别人说好,他也说好;还有的同学就像那江里的木偶——随大流。就拿留级生这事儿来说,班里有些同学成为留级生和大龄学生都是有原因的,比如宋芙蓉,是因为生病耽误了课程。欧阳修文呢,晚一年上学是为了照顾妹妹。只要现在都在班里学习,就都有同等评选'三好学生'的权利,假如有一天你也有这样的遭遇,你愿意大家整天拿这件事评头论足吗?我们要学会换位思考!"

武老师停顿了一下,缓和了语气,又说:"欧阳修文,宋芙蓉,你们俩也别太在意了,要做个胸怀宽广的人。大家都要记得,心胸狭窄的人就像那花盆里栽的树,是成不了大材的。"

武老师说完,教室里一片安静。

最终的评选结果是:我以最高票当选三好学生,林国盛也名列其中。

野花不种年年有,烦恼无根日日生。我很快又发现一个事实:自己年龄比人家大一岁,个子却是班里最矮的。无论是站队上体育课,还是按照高矮个排座位,我都毫无疑问属于排在最前面的人。这让我心生自卑。可是我无法改变自己的年龄大小,也不知道如何才能让自己的个子长高。

从一年级下学期开始,我被武老师任命为班长。这使我备受鼓舞,也更加努力。武老师经常在班上说:方木头不滚,圆木头不稳,人不可能十全十美。慢慢地,我就淡忘了自己年龄大而个子矮这件烦心事。

8 回家帮帮我

——生活就像老师会出难题，选择担当，才能找到解题方向

我当上班长不久后的春天，乍暖还寒，妈妈因为气管炎很严重不得不卧床休息。妈妈的咳嗽声一阵接着一阵，仿佛要把肺咳出来似的，咳着咳着就喘不上气来，憋得满脸通红，样子很让人心疼。

贵珑对妈妈的咳嗽声已习以为常，照样每天在外面和小伙伴们东奔西窜。贵玥看到妈妈大口大口地喘气则害怕不已，惊恐地蜷缩在炕上的角落里。爸爸在外地上班，没法联系，只有我能照顾妈妈。我看妈妈一连好几天几乎水米不沾，很是焦急不安。

星期天，我自作主张给妈妈做好吃的。我悄悄找到面缸，挖出半瓢白面，先用瓷盆和面后把面撕成一个个小面团并揉搓一番，再用擀面杖把面团一一擀成碗口大的小饼。然后，我刷锅、生火，等锅底的水干，往铁锅里放一点油，再把小饼挨个放进铁锅里，一边烧火一边慢慢翻弄着，直到小饼两面焦黄，然后出锅摆盘。以前，我烙的这种小饼外酥里嫩很好吃。

可是，我只想着烙的饼好吃了，忘记了妈妈是因为气管炎而咳嗽不停，是吃不下这些油腻的小饼的。看着妈妈难以下咽，我心里又是一阵

难过，但也感到手足无措，只盼望着爸爸能早点回家，帮助妈妈医治病症。贵珑和贵玥在吃的方面不用操心，一人拿一个小饼不一会儿就咽下肚去了。贵珑又吃了两个小饼才心满意足地出去玩耍。

那天晚上，妈妈咳嗽得更加厉害。贵珑出去玩了一天，很快就沉沉地睡着了。贵玥也没有再缠磨我讲故事，自己倒在小枕头上进入了梦乡。

在妈妈的咳嗽声中，我写完作业，但是我没有睡觉。我一会儿给妈妈倒水，一会儿拿罐子让妈妈吐痰，心里感到焦虑不安。我不知道妈妈的病什么时候能好，也不知道爸爸什么时候能回家看看。

"贵玲，有件事我想和你商量一下。"妈妈有气无力地说。

我站在炕前，惴惴不安。

"你爸爸在外地上班，家里的事儿顾不上。我要干地里的活儿，还得照顾你们仨，真是按下葫芦起了瓢，顾了这头顾不上那头。现在，我的老毛病又犯了，干什么都像耗子偷秤砣——力不从心。"妈妈停顿了一下，又说："要不，你先别上学了，回家帮帮我吧。"妈妈的眼里散发着痛苦又无奈的光。

听完妈妈的话，我感到自己的心仿佛被针扎了一样，很疼很疼的。上学，对我来说怎么就成了一件困难的事呢！可是，看看妈妈异常消瘦的脸，再看看已经熟睡的贵珑和贵玥，我立即就释然了，此时此刻，能帮助妈妈的也只有我了。

"嗯。"我轻声地答应了。但是这个"嗯"却像一个千万斤重的大石头压在了我的心头。

那么，我就不上学了。我对自己说完，泪水已经在眼里打转转。夜深了，妈妈咳嗽了一阵子之后，终于昏昏沉沉地睡着了。我躺在妈妈的身边，辗转反侧。我真的不想辍学，但又不知道除了自己还有谁能帮助妈妈。爷爷、奶奶和叔叔一家住在一起，叔叔承包了村里的果园，还承包了很多地，爷爷、叔叔和婶婶整天在地里干活，奶奶在家看孩子、做饭。姥姥生活在遥远的东北，鞭长莫及，二姨家离着妈妈好几百里地。唉，可怜的妈妈！真的就像她自己说的，她就像一棵没有根的浮萍，无依无靠！

一夜无眠。第二天，我早早起床，熟练地做了手擀面，看妈妈勉强吃了几口之后，我就一路小跑来到学校。我要告诉武老师自己得辍学的事，然后上交班里的大门钥匙。

"欧阳修文，你今天怎么来晚了？"武老师正在教语文课，他看见我推门有些不高兴地说。

"武老师，我不能上学了！"我站在门外，眼泪一下子就流了出来。我从裤袋里拿出班里的钥匙交给武老师，说："这是咱班的钥匙，我以后不能早来学校开教室的门了。"

教室里鸦雀无声，同学们都意外地看着我，不知道发生了什么。武老师赶紧走过来问道："你家里发生什么事了？"

"我妈妈生病了，没人照顾弟弟和妹妹，我妈妈不让我上学了。"说完，我抑制不住心里的痛苦和委屈，一转身就跑出了校门。

跑出校门后，我并没有立即回家。我本能地抗拒回家，好像一旦回家我就再也不能出门了似的。我沿着村里的十字大街一直往南，一边走一边哭。走到大街的尽头，我又沿着村边的小路一直走，一边走一边哭。

我就这样围着村庄走了一圈又一圈，哭了一路又一路。直到感觉眼睛生疼，眼泪再也流不出来了，又忽然想起妈妈还躺在炕上，不知道贵珑和贵玥在家里干什么，疲惫不堪的我就火急火燎地往家跑。

回到家门口，我使劲儿擦了擦眼睛，在心里默念了两遍12356，然后走进门，又到水井前的脸盆里洗了几把脸。我到屋里一看，妈妈躺在炕上闭着眼睛，好像睡着了。贵珑可能出门去玩耍了，贵玥则趴在妈妈的身边翻看那本几乎破烂不堪的小画书。

我开始收拾锅碗瓢盆。妈妈生病这几天，厨房里已经是扯盆子扬碗，脏乱不堪。我收拾停当，又看了看鸡窝，还好，里面已经有两个鸡蛋了。我拿出小铁勺准备用香油给妈妈炒一个鸡蛋。香油炒鸡蛋能压住咳嗽，我记得奶奶曾经说过。

我把鸡蛋用香油炒好后倒进一个小碗里，拿着筷子端到炕上。妈妈只吃了两口，就把鸡蛋给了贵玥。贵玥吃完后吧嗒吧嗒小嘴儿，忽闪着大眼睛看看小碗再看看我，好像在说："姐姐，我还想吃！"

我摇摇头，说："贵玥真乖，明天再给你炒鸡蛋吃。"

听说明天还有炒鸡蛋吃，贵玥眉开眼笑，又乖乖地趴在炕上看小画书了。

9 你一定要争气
——有些磨砺就像发电机，能让人更加向往光明，也更懂得珍惜

七天后，在我的精心照料下，妈妈的身体有了好转。贵珑依然吃完饭就跑到大街上找伙伴玩，贵玥开始缠着妈妈讲故事。我想让妈妈好好休息，就又拿出背带来，准备用背带背着贵玥出门玩。之所以用背带，一是防止贵玥在街上四处乱跑时被突然窜出来的牛啊羊啊撞伤了，二是我觉得把贵玥背在背上，要比弯着腰牵着她的小手走路轻松得多。

"来，贵玥，姐姐背着你上街玩。"我说。

"好啊好啊！"贵玥赶紧站起来，伸出一双小手急切地想让我抱。

我给贵玥穿上鞋，然后展开奶奶给她做的背带。我站在炕前，背对着炕，让贵玥先趴在背上，然后把两层布的正方形背带垫紧贴着贵玥的小屁股，把上面的两根带子在胸前交叉后，再分别传到背带垫下边的两个角的纽扣，然后在腰前打一个活扣，轻轻地反手拽拽贵玥小屁股上的布片，防止勒到贵玥的大腿，确定安全了，我才背着贵玥走出家门。

我背着贵玥漫无目的地在大街上走着。同龄人几乎都在学校里，找谁玩呢？走着走着，我发现自己竟然又来到了学校的大门口。

正好是课间操时间，大家都在校园里吵闹着、奔跑着。我一阵心酸，

感觉眼泪又要流出来了。我赶紧转身准备离开，这时，一个熟悉的声音传过来："贵玲，你来学校了？"

是芙蓉的声音。几乎是一瞬间，芙蓉就出现在学校大门口了。她一把抓住我，说："你干什么去了？我去过你家，但是你家的大门一直关着，我以为你们搬到你爸爸那里去了呢。"

我无奈地摇摇头，爸爸那里，爸爸在哪里？我不知道。

"你知道吗？武老师到你家去了。"芙蓉说，"我亲耳听见他和别人说要到你家去。他上完第二节课就走了。"芙蓉刚说完，上课铃声就响了，她一边跑一边喊："贵玲，早点回学校啊！"

我顾不上回答芙蓉的话，一听武老师到我家去家访了，心里立即泛起了希望的浪花。我拍拍背上的贵玥，三步并作两步赶紧往家奔去。

大门敞开着，果然是家里来人了。我迫不及待地走进院子里，一个熟悉的声音立即清晰地传到我的耳朵里。

"我理解你，你这也是迫不得已。贵玲爸爸在外地上班，另外两个孩子还小，你身体不好还要去地里干活儿，真是不容易。但是，耽误庄稼是一季，耽误孩子是一代。我听说你上学的时候学习特别好，是因为出身的问题没能继续深造。贵玲这孩子既聪慧又努力，将来一定有出息，你能忍心把她的学业给耽误了？"这是武老师的声音，听起来有些激动。

"老毛病犯了，我实在扛不住了，只能让最大的孩子回家帮我，让贵玲受委屈了。"这是妈妈的声音，听上去无力又无奈。

听到妈妈说让我受委屈了，我的眼泪立即就在眼眶里打转转了。

"我看还是让贵玲回校上学吧，农忙的时候就让她请几天假回家帮你干活儿。"武老师说。

"嗯。这几天，贵玲一直忙里忙外地照顾我。看着她无精打采的样子，我也感到非常难受，就让她回去上学吧！"妈妈说。

我的眼泪一下子就涌出来了，我真的是惊喜不已！我对武老师和妈妈的感激，简直无法用语言来描述。我正愣在院子里百感交集，武老师从屋里出来，一看见我就笑着说："欧阳修文，下午就按时到学校去！你还是班长，还得早去给大家开教室门呢！"

"嗯嗯……嗯！"我连连答应着，就好像不立即答应结果就会发生改变似的。

妈妈送走了武老师，帮助我解开了背带，把贵玥放在炕上，眼含热泪对我说："听武老师的话，你下午就去上学吧。"

"嗯！"我立即答应着，觉得自己一颗悬着的心终于落下了。

下午，我来到学校，芙蓉开心地像一只小鸟围着我又蹦又跳。武老师把我叫到办公室，把班里的教室门钥匙交给我，说："欧阳修文，你爸爸在外地上班，你妈妈既要到地里干活又要照顾你们仨，真是不容易啊！她宁愿多吃点儿苦也让你来上学，是为你的前途着想，你一定要争气啊！"

武老师把"一定要争气"加重了语气，似乎里面包含着很多层意思。最后，武老师又担心我不明白似的，说："你现在要抹抹桌子重上菜，更加努力学习才对得起你妈妈！"

我点点头，明白"抹抹桌子重上菜"的意思，村里的人也经常这样说，表示重新开始。

重新开始!

我忽然觉得以前上学的日子里其实并没怎么刻苦努力,放了学也贪恋着玩耍,仅仅满足于在班里考第一。现在,妈妈给了我重新上学的机会,除了努力学习,我还有其他的选择吗?刚刚辍学时我没有想到这些,听到武老师说了那句"你一定要争气"的话,我似乎被什么惊醒了。我知道,将来能过什么样的日子全看自己现在怎么做了。

我决定上课时更加认真听讲,回到家除了完成作业再多做几道数学题,提前把要求背诵的课文都背过,等等,我觉得自己有很多事情需要立即去做!

10 "大会四姨"
——勇于锻炼自己,既能发现潜力,也能让嫉妒远离

二年级下学期,六一儿童节前夕。

一个课间操时间,武老师把我叫到办公室,说:"学校让我从咱班找个学生当大会司仪,想来想去,我觉得你最合适。你利用课余时间好好练练,千万别给我丢脸!"

听武老师不容置疑地说完,我心里疑惑满满。"大会四姨"是干什么的?为什么叫四姨而不是六姨?过六一儿童节是不是叫六姨更合适?但我只是这样想着,并没有说什么。

武老师把写满字的主持单给我看,又简单地教了教我怎样说普通话,然后就让我回去抽空练习。

"妈妈,这次过六一儿童节,我当'大会四姨'。"一回到家,我就立即把这个消息告诉了妈妈。我觉得这件事情一定会让妈妈高兴的。

果然不出所料,妈妈听后立即眉开眼笑,说:"好!武老师是不会拿根秫秸秆当大梁的,他能选你当司仪,说明你是可造之材,是能承担重任的。你好好准备准备,争取把任务全部记在脑子里,到时候无论怎么紧张也不至于慌里慌张出洋相。"

"嗯！"我立即就到炕上练习。但我忍不住回过头去问妈妈："为什么叫'大会四姨'？过六一儿童节叫'大会六姨'不是更合适吗？"

妈妈"噗"的一声就笑了，说："那个司仪的'司'不是四个五个的'四'。大会司仪就是主持大会典礼的人。"

"嘿嘿……"听妈妈这样说，我不好意思地笑了。

此后，我一有空儿就背诵主持词，直到背得滚瓜烂熟，再去找武老师，让他指点指点。我笔直地站在办公室里把主持词背了一遍，武老师笑着说："欧阳修文，又没有让你背课文，你干吗这么一本正经的呢？这样主持节目很生硬，你应该这样，看我的。"武老师说完，立即站起来在办公室踱了两步，面向我站定，然后说："各位领导，各位老师，各位同学，大家上午好！"武老师鞠了一个躬，又说："这个时候，你千万不要忘了鞠躬，因为台下的老师和学生可能会鼓掌，你得表示一下感谢！"

我很认真地看着，点点头。

武老师又说："开大会的那天，全校的老师和学生都会坐在台下，很多人呢！你会不会感到害怕？"

我不会感到害怕，但会紧张，毕竟是第一次当着这么多人的面主持节目。于是我如实回答说："老师，我一定会紧张。"

武老师说："我教给你一个办法，走上台后，你目视前方，不要往台下的人群里看，更不要和台下人群里的人有眼神儿交流。你只看远处学校的墙，那样你就会心静，主持节目的时候就不至于太紧张。"

我睁大双眼听武老师说完，心里感到轻松了一些。武老师又说：

"下午的语文课,你到讲台上当着全班同学的面把主持词'说'一遍,找一找目视前方的感觉。"武老师特别强调了"说",而不是"背"。

当了班长以后,我站在班里的讲台上说话的时候比较多,基本不紧张了,所以下午上语文课时,我从容地走到讲台站定,眼睛掠过班里所有同学的脑袋,只望着教室后墙,深吸一口气后,开始"说"主持词。开始时一板一眼,慢慢地就抑扬顿挫了。等我把所有内容一一说完,武老师带头鼓掌,有些同学的脸上露出敬佩又羡慕的表情。

"说了些什么呀!"就在大家鼓掌完毕之后,林国盛发出异样的声音:"我就看不惯这装腔作势的样儿。"他竟然还会用"装腔作势"这个词。

"你才装腔作势呢!你是嫉妒欧阳修文吧?"芙蓉立即站起来说。

"嫉妒她?我一个男的会嫉妒一个女的?"林国盛"哼"了一声,晃晃脑袋不以为然。

"林国盛,你给欧阳修文提提意见吧!"武老师说。

"我没有意见。我就是看不惯!"林国盛说,声音明显变小了。

"林国盛,咱可不能当那八月里的黄瓜棚——空架子一个!你这也不行、那也不行、处处不行、谁都不行,干脆就叫林罘好了。正好和你同桌常金罡组成一个组合:罘罡兄弟!"武老师说完,竟然忍不住笑了。

我和芙蓉面面相觑,不知道这个处处横挑鼻子竖挑眼的林国盛,凭什么被老师冠以"林福"的美名,更不知道这个"罡福兄弟"是什么意思。

林国盛低下头,不再作声。

武老师忍住不笑,招呼大家翻开课本,接着上一堂课的内容继续进行。

放学后回到家，我一边给正在做饭的妈妈打下手，一边把学校里发生的事情一五一十地告诉了她。

妈妈先是鼓励我按照武老师的教导继续好好练习，然后又说："包子有肉不在褶上，林国盛之所以这样应该是有原因的。他妈妈曾经对我说过，他爸爸去世之前经常和她吵架，有时候急眼了还动手打她。林国盛从小看着父母经常吵架，可能以为吵架是解决问题的办法。你想想看，他是不是不会好好说话？"

我想了想，还真是的，林国盛在班里与同学吵架是家常便饭，虽然他学习不错，却没有人愿意跟他同桌。

"虽然林国盛一开口说话就是要吵架的腔调，但是，他并不是真的喜欢吵架，他只是习惯了用这种方式来表达自己的想法。所以，你们一定要宽容他，别和他一般见识。要不，只能惹自己生气。"妈妈说。

"嗯嗯。"我点点头，觉得自己就像个纸灯笼，妈妈一点心就亮。

"武老师还说林国盛：你这也不行、那也不行、处处不行、谁都不行，干脆就叫林福算了。他都这样不招人待见了，为什么还叫他林福啊？"

"林福？"妈妈想了想，哈哈大笑说："噢，我知道了。武老师说的林罘，不是福气的'福'，是这个。"妈妈随手在地上写了一个"罘"字。

我一看就笑了。忽然想起武老师说的"罡罘兄弟"，"罡罘"这俩字得含有多少个意思啊！我觉得汉字真是太奇妙了，什么时候我也能像武老师和妈妈那样认识很多字就好了。

为了我当好大会司仪，妈妈特意赶集买了一块淡紫色的花布，然后把花布两头缝在一起，再把其中的一边穿上松紧带，做成一条漂亮的裙子。

全校六一儿童节庆祝大会如期而至。吃早饭的时候，我感到有些紧张，只喝了两口疙瘩汤就放下了碗筷儿。

"吃这么少怎么有劲儿主持节目呢？多吃点！"妈妈一边把自己碗里的一块鸡蛋夹进我的碗里，一边说。

"妈妈，要是今天我忘词了可就出洋相了，别人一定会笑话我的，尤其是林国盛。"我说。

妈妈温柔地看着我，说："开弓没有回头箭，你想想看，当大会司仪这件事是你自己愿意做的。今天就要上台了，再瞻前顾后是没有用的。你已经准备了这么长时间，只要别太紧张，一定会顺利完成任务的。至于别人会不会笑话，那是别人的事。即便是你一点儿错儿也没有出，也会有人说三道四。所以，你只管做好自己的事，其他的可以置之不理。"

我点点头，又喝了几口疙瘩汤后就赶往学校。

天气晴朗。经过一番熙熙攘攘，全校师生各自拿着小板凳，按照班级顺序整整齐齐地坐在学校的院子里。随着一位老师敲起钟声，身材瘦小的我穿着雪白的衬衣和淡紫色花布的新裙子，笑容满面、脚步轻盈地来到主席台前，开始主持节目。

"各位领导，各位老师，各位同学，大家下午好！"我说完就随着掌声朝着台下鞠了一个躬，意外地，我听见掌声里竟然还有哄笑声。

我一愣，怎么啦？自己说错话了吗？我抬头看看天，顿时恍然大悟，天哪！我一紧张把"上午"说成"下午"了！我有点儿尴尬，接着是惊慌失措，不知道接下来应该怎么做，是再说一遍呢，还是继续往下进行？

我就像拉琴的丢了唱本——没谱了。

这时,我看见站在队伍最后面的武老师示意我继续。我顿时觉得有了底气,立即目视前方,深呼吸,在心里默念了一句贵玲12356,然后开始抑扬顿挫地主持节目。

因为节目数量不多,也没有领导讲话等环节,庆祝大会很快就结束了,我的主持也获得了老师们的肯定和同学们的好评。从那以后,我的身上又多了一个"大会司仪"的标签,成了学校的小明星。

只是,接下来的一件事让我有点心疼。那天,我和小组成员一起干值日,我正在专心地低着头扫地,忽然听到张牡丹大叫一声:"哎呀!坏了!"

我回头一看,张牡丹正站在我的身后,手里拿着一支钢笔。

闻声跑过来的芙蓉立即大叫一声:"贵玲,你看你裙子的后面!"

我撩起裙子一看,哎呀!漂亮的裙子上面满是黑色的小点点。

张牡丹说:"不好意思,我以为钢笔没水了,寻思甩甩看看,没想到里面还有墨水,不小心就甩到你裙子上面了。"

我很心疼但又无奈地看看裙子,说:"没关系!干完值日我回家洗洗。"

赶紧干完值日,我和芙蓉结伴回家,芙蓉愤愤不平地说:"我看张牡丹就是故意把墨水甩到你裙子上的。什么不小心!她就是嫉妒你!"

我说:"我有什么好嫉妒的?年龄大、个子矮、模样也不是很俊。"

"你可比张牡丹俊多了!"芙蓉说:"你看她皮肤黑、眼睛小、嘴巴大,说话粗声大气的一点儿也不像个女孩子,还满嘴脏话。你呢,不仅学习好,还是班长又是大会司仪,老师们都很喜欢你,她不嫉妒才怪呢!"

我一听,觉得芙蓉说的话似乎有点儿道理。想起有一次,张牡丹用胭脂把嘴唇涂得通红通红的，很吓人。武老师说："牡丹啊，乌鸦擦粉照样黑，扫帚上戴帽子也不是人啊！你赶快把嘴上的东西擦了吧！那颜色显得你的嘴更大了！"当时全班同学哄堂大笑，张牡丹立即满脸通红。

"你以为谁都像我一样，看着你好就很开心啊？"芙蓉又说。

我看看芙蓉，很感激。芙蓉就像我的影子一样对我不离不弃，无论我遭遇什么事儿，芙蓉都积极参与处理，就仿佛是她自己的事。

一回到家，我立即脱下裙子开始清洗。妈妈看见了，走过来问发生了什么事，我就把事情的经过连同芙蓉说的话简单地告诉了妈妈。

妈妈一边往裙子上打肥皂，一边说："班里同学在一起，就像舌头碰牙齿，免不了磕磕碰碰，不能完全认为张牡丹是故意弄脏了你的裙子。不过，牡丹家里没有条件给她做裙子，她因为嫉妒发泄一下也是有可能的。这孩子整天阴着脸，满眼里都是怨气，我真是不喜欢！你呀，以后离着她远一点。这种人心胸很窄，眼里容不得别人比她好，自己不会好好地过日子，也会弄得别人不得安生。"

妈妈就像打开了话匣子似的滔滔不绝地说着，突然，她很认真地看着我，说："贵玲，以后你可能还会遇到王牡丹、李牡丹，你得知道，能遭天磨真硬汉，不遭人忌是庸才。从另一个方面说，有人嫉妒你，说明你有些方面比她好。你应该继续努力让自己变得更好，你越来越好了，那些嫉妒你的人也只能是蛤蟆鼓肚子——干生气。你一定记住：心胸开阔眼界才高，胸怀有多宽广，天地就有多大。"

我使劲儿点点头，虽然很遗憾使劲儿搓洗过的裙子上依然有很多小黑点，但是，这件事让妈妈又给我上了一课，我感觉自己又懂事了一些。

11 赤脚去赶集
——他人的呵护和陪伴就仿佛春风拂面，舒畅而温暖

窗外日光弹指过，席前花影座间移。时间过得飞快，一转眼春天又到了。

天气渐暖。我的棉鞋已经穿了将近两年，尽管我的脚又瘦又小，但每当走路太多或者上完体育课，我就感觉自己的双脚仿佛火烧火燎一般。

可是我知道，爸爸在外地工作，妈妈既要忙活责任田，又要照顾我们三个孩子，已是一刻不能停歇，根本就没有时间再为我做一双新鞋子。我也不想因为自己要穿新鞋子而让妈妈为难，但心里一直充满着对新鞋的渴望和没有鞋子可换的淡淡的伤感。

这天下午，西边的太阳就像披红挂绿的新娘羞红了脸，五彩光芒布满半边天，非常好看。晚上，玩了一天的贵珑和贵玥都睡着了，我正在写作业，妈妈对我说："朝霞不出门，晚霞行千里。今天傍晚时彩霞满天，明天天气应该不错，又是星期天，我和你王婶儿说了，你跟着她到辛兴集上去把花生米卖了，然后到供销社买双新鞋。"说完，妈妈从里屋拿出一袋花生米来。

"真的吗？太好了！"我简直高兴地要从炕上跳下来。

妈妈看了我一眼，没再说什么。她把袋子里的花生米全部倒在簸箕

里，仔细地把里面那些有虫眼的、瘪小的挑出来，然后又倒进袋子里并把袋口扎紧，放在堂屋里。

"我知道你的鞋已经不合脚了，本来想给你做双新鞋，但是实在抽不出空儿来，管它贵不贵的，先给你买双鞋穿着。别的可以凑合，不能让脚受委屈。你看你奶奶，因为从小裹脚，走路多么费劲儿。"妈妈说。

我亲眼看过奶奶畸形的小脚，那怎么能算是脚呢？只看见脚踝和一个脚大拇指，其余四个脚趾全部卧在脚底，畸形的样子很恐怖。尤其是奶奶个子比较高，两只小脚实在是支撑不住她高挑的身躯，所以走路很慢。奶奶不能走远路，所以就很少出远门。

没有合适的鞋子，脚也不会舒服，我正体验着。所以知道妈妈想让我买双新鞋后，我激动地几乎一夜没睡，脑海里把曾经看过的鞋子想了个遍。

第二天，我背着花生米袋子早早地来到王婶儿家，等王婶儿收拾好东西，我俩就步行向辛兴大集出发了。

我们俩很快就走到村西头的小河边，王婶儿一边挽起裤腿儿，一边喊我脱下鞋子过河。

突然，她大吃一惊，说："你这个孩子！你怎么光着脚丫？"

我笑而不语，并为自己刚才的小机智而扬扬得意。早上出门前我就想好了，自己的棉鞋已经又旧又小，穿着它走那么远的路，一定会非常不舒服。如果能买上新鞋，可以直接穿着回来，也就不用再把旧棉鞋背回来了。所以早上出门后，我就把旧棉鞋脱下来塞进门口的草垛里了。

"唉，看来今天你非得把花生米卖了。要是卖不了，就没钱买鞋，你还得光着脚丫走回来。走远路不穿鞋，怎么受得了啊！"王婶儿说。

我只是笑了笑，我当然希望自己能穿着新鞋回来。

王婶儿帮我背着花生米袋子，一边倒吸着凉气一边疾步过河。可是，提着裤腿儿过河的时候，我却没有感觉到河水的冰冷。我心里只想着赶快走到大集上把花生米卖掉，然后买双新鞋子。

通往辛兴大集的路都是土路，虽然没有很多硌脚的东西，但是因为赤着脚丫，又背着花生米袋子，所以我走得比较慢，以至于王婶儿好几次不得不停下来等我，然后再一起往前赶。

等我和王婶儿来到大集上，街上已是人来人往熙熙攘攘。王婶儿着急了，她不耐烦地领着我在人群中穿梭了好长时间，才找了一个人少的地方。

王婶儿迅速把自己和我的花生米袋子都摆好，然后一屁股坐在地上，满脸严肃地对我说："贵玲，以后记着，出门走路必须得穿鞋！"

看着王婶儿满脸的汗，我自知理亏，也无言以对，只能默默地坐在地上，等着买主前来讨价还价。

其实，我根本就不知道应该怎样与人讨价还价，也根本就没打算跟人讨价还价，只要有人肯买，我会立即就把花生米卖给人家。

在接下来漫长的等待时间里，有几个人先后翻看了我的花生米，都先是说了很多花生米的毛病，然后给了很低的价格。我觉得人家说的都是有道理的，想赶紧把花生米卖给人家，有这么多毛病的花生米，有人肯买就不错了，我想。

可是，王婶儿一边为自己的花生米和别人讨价还价，一边厉声就把贬低我花生米的人呵斥住了："我说这位大哥，您年纪也不小了，欺负人家孩子小不懂行情好意思吗？她妈是个实诚人，来之前把坏的小的花生米全挑出来了，你空口白牙说瞎话也忒不厚道了吧！她的花生米我说了算，不卖！"

那些人被王婶儿这么一顿教训，都翻翻白眼走了。王婶儿一边拨弄着花生一边嘟囔着："哼，都是些坟地里的夜猫子——不是好鸟！"

看人家一个个生气地走了，我感到卖花生米这件事儿就像棉花掉进水里——弹（谈）不成了。我开始担心散集时花生米也不能被卖掉。

快到散集的时候，有一位留着山羊胡子的大爷看中了王婶儿的花生米，给的价格也合适。我以为王婶儿会立即痛快地把花生米卖掉，但是，王婶儿却说："老哥，我看你是个痛快人儿，你把这孩子的花生米也买了，我就把我的花生米卖给你。"

那大爷深感意外，说："卖东西还能搂草打兔子——捎带？哪有你这样做买卖的啊！"说着，他看了看我的花生米，沉思了一下说："都买也行，但是得一样的价儿。"

我一听很高兴，心想终于可以买鞋子了！

可是，王婶儿却呵呵一笑，说："老哥，不是我卖瓜说瓜甜卖醋说醋酸，这孩子的花生米确实比我的好，怎么能一个价呢？我看你也挺实在的，你给她的价格稍微高一点儿，我回去也好跟她妈交代。"

看那人没有立即答应，王婶儿又指了指我满是泥土的脚丫子，说："你看看，这孩子是赤着脚走着来卖花生米的，就等着卖了花生米买鞋呢！唉，太可怜了！"

听王婶儿这么一说，那大爷看了看我的脚丫子，很痛快地说："好吧，她的每斤加三分钱，我全买了。"

就这样，王婶儿同时把自己和我的花生米都卖掉了。

看到花生米被卖掉，我真是肚脐眼儿插钥匙——开心得不得了。我跟着王婶儿几乎是一路小跑来到供销社。供销社里的鞋子不是很多，我左瞧瞧右看看，很难取舍。最后，根据我的意见，王婶儿帮我挑选了一双淡紫色方格、两边有松紧带的胶鞋。鞋底软软的，我穿在脚上感觉既舒服又漂亮。

这是我的第一双胶鞋。从那以后，我对鞋子情有独钟，鞋子不合适宁愿赤着脚的倔强，始终伴随着我的成长。

我的新鞋也引起了小伙伴们的热烈议论，张牡丹阴阳怪气地说："穿双新鞋有什么了不起的，有钱人都天天吃白面馒头，你可以吗？"

我并不接茬，自从上一次新裙子被张牡丹甩上墨水后，我就对她敬而远之了。我要远离嫉妒心太强的人，坚决不和没礼貌没教养的人掺和。

12 武老师修猪圈
——实话实说没有错,但要注意场合

上午一上完数学课,武老师就火急火燎地把我和芙蓉叫到办公室。武老师对我说:"我家猪圈的门被猪拱坏了,不赶紧修理好,猪就会跑出来祸害院子里的东西。这一节是体育课,你领着大家在教室里上自习吧。"我点点头。

武老师又对芙蓉说:"你是欧阳修文的好朋友,你俩在一起就像是荞麦地里种萝卜——搭配得当。这节课你一定要当好助手维持好纪律。"

"好的!"芙蓉立即回答。很显然,武老师把这么重要的任务安排给她,她有点受宠若惊了。

武老师说完就急匆匆地回家了。上课铃声响后,我把还在校园里玩闹的同学喊回教室,布置了自习任务,大家开始写作业。

作业不多,有些同学很快就写完了。林国盛和鲁德明等开始前后左右交头接耳,教室里很快就乱哄哄的。

"安静!"芙蓉大喊一声,全班同学感到莫名其妙,教室里突然鸦雀无声,就在这时,不知道是谁"噗嗤噗嗤"放了一连串的响屁。

全班同学哄堂大笑,我也忍不住笑出了声。

学生们正笑得前仰后合,教室的门一下子被推开了,走进来一个陌生男人。他紧皱眉头,满脸严肃地问:"这节上什么课?老师去哪里了?"

"本来应该上体育课,不知道为什么就上自习了。"张牡丹抢着说。

"老师呢?老师去哪里了?"陌生男人似乎生气了,又问道。

"武老师家里猪圈的门被猪拱坏了,不赶紧修理好,猪就会跑出来祸害院子里的东西。所以,武老师回家修猪圈了。"我站起来,认真地说。

"哦。你们继续上自习吧,一定要保持安静!"陌生男人说完,转身就走了。

保持安静?这怎么可能!刚才放屁的那个家伙还没有找出来呢,大家七嘴八舌地互相猜测着,班里又开始像一百只兔子拉车——乱套了。我敲了好几遍桌子,芙蓉也三番五次地离开座位去制止那些闹腾的学生,但都无济于事。

因为一串响亮的屁,全班学生似乎都失去了理智。

正在大家又闹成一锅粥的时候,教室的门又被推开了,还是那个陌生的男人,摆着那张严肃的面孔。

"安静!这么放肆地吵闹,成何体统!你们已经严重影响到其他班级同学学习了!"他大声呵斥道。

教室里顿时鸦雀无声。大家面面相觑,不知道发火的是个什么人物。

就在这时,下课的铃声响了。看见陌生男人转身离开,学生们都争抢着跑出了教室,我也无奈地和芙蓉结伴回家。

下午,第一节课的铃声还没有响,武老师就满脸严肃地走进了教室。一旁在打闹的男生一看见老师进来,都迅速装模作样地拿着课本假装学习。

武老师站在讲台上，敲敲桌子，大声地说："今天上午最后一节课，我突然有点儿急事，安排欧阳修文和宋芙蓉带领大家上自习，你们都遵守纪律了吧？"

"遵守纪律了！"学生们异口同声地说，说完后又互相瞅着，都心虚自己刚才说的并不是实话。

这时，张牡丹倏地一下子站起来，大声说："纪律一点儿也不好，大家都吵吵闹闹的！一位老师进来了两次，说我们影响到别的班了。"

武老师一听有人来过，急忙问："谁来咱们教室了？"

"不认识。"学生们齐声回答。

"他没问什么话吗？"武老师好像有点儿紧张的样子。

"问老师去哪里了。"有人回答。

"你们怎么说的？"武老师的脸变得更加严肃了。

我刚要站起来回答，张牡丹又"噌"地站起来，大声说："欧阳修文说你家的猪圈坏了，你回家修猪圈了。"

很显然，张牡丹的话就像救火踢倒了油罐——火上浇油了，武老师听后脸色瞬间就变黑了。他大喊一声："欧阳修文！你怎么搞的，你怎么喝江水说海话没边儿没沿儿呢！我什么时候回家修猪圈了？要不是有点儿非常紧急的事儿，我也不会离开教室的。你作为班长应该带领大家上好自习，维持好纪律，怎么能让班里乱哄哄地影响别的班级？"

我听到武老师喊自己的名字就立即站了起来，但是听老师说完这些话，我感到莫名其妙了，是武老师亲口说家里猪圈坏了要马上回家修理的，现在怎么不但不承认而且还发火呢？难道我不应该实话实说吗？我默默地站在那里，感觉自己就像骨头卡在喉咙里——咽不下也吐不出，难受极了。

"宋芙蓉！"武老师又大声喊道，继续大发雷霆："我安排你帮助欧阳修文维持纪律，你怎么高粱秆儿担水——挑不起来呢！你干什么去了？是不是你也参与班里闹哄了？"

芙蓉听到老师点自己的名字也赶紧站了起来，听到武老师这样质问，她也是一脸茫然，不知道自己做错了什么。

"今天的事情，都怨我走的时候没有跟大家交代清楚。但是，作为班长，欧阳修文有不可推卸的责任，叫老师以后还怎么相信你呢？"

武老师发完火儿之后就开始上课了。趁着老师在黑板上写字的空儿，我偷偷地回头看看芙蓉，恰好芙蓉也正在悄悄地望向我。我把嘴巴一噘，委屈又无可奈何。芙蓉把两手一摊，算是回应。我俩都不知道为什么武老师会突然发这么大的火儿。

放学后回到家里，我一边写作业一边长吁短叹。

妈妈正在择菜，她问我："学校里发生什么事儿了？"

我说："武老师发火儿了。"

"武老师为什么发火儿呢？是不是你们不遵守纪律啦？"妈妈又问。

我停下手里的作业，跑到妈妈跟前，把上午武老师对我说的话和班里纪律差的事一五一十地告诉了妈妈。

妈妈耐心地听我说完，笑着说："虽然武老师上课时间回家修理猪圈是迫不得已，但确实有点欠妥。如果你们班的孩子闹出什么事情来，武老师的责任就大了。"

妈妈停顿了一下，又说："武老师告诉你实情是对你的信任，你实话实说没有错，但也要注意场合，老师上课时间回家修猪圈这样的事情，是不适合让全班同学知道的，要给老师保留面子。你让武老师在全班学生面前丢了面子，他冲你发火也是可以理解的。"

听妈妈这么说，我觉得有点儿对不住武老师，同时庆幸上自习的时候班里同学没有打架的，否则武老师的责任就大了。

不久以后，学校召开全校师生大会的时候，我发现站在台前讲话的那个人好像在哪里见过。我仔细想了想便恍然大悟：他不就是推门批评我们班同学影响别的班级的那个人吗？原来他是新来的校长啊！

"要是校长给武老师处分，咱们就去找校长给武老师求求情。"我很认真地对芙蓉说。芙蓉很严肃地点点头。

13 犯规就算输

——规则就像明灯指引前行，遵守规则才能行稳致远

不过，在这个充满生机与活力的春天，像武老师修猪圈这样的风波，很快就烟消云散了。

大人们开始给庄稼施肥：先是把自家猪圈里的猪粪晒到一定时机，混上草木灰肥，用小推车运到自家的田地里，然后用铁锨一点儿一点儿均匀分撒开来。除了施肥，大人们还要修理那些在树干上长出来的树杈子，尤其是那些在树干的中下部不按规则生长的树杈子，无论长得多么茂盛，都会被镰刀一一砍了去。因为这些树杈子不但影响大树的美观，而且还会吸取营养、遮挡视线。

然而，这些施肥、砍树杈子的活儿都与女孩子无关。下午放学后，我们都热衷于玩一种游戏，玩具是用花布缝制的沙包。我特别喜欢制作沙包：先把妈妈做衣服剩下的边角料剪裁成长方形或者四方形的小布片，再把这些布片缝制成四个或者六个正方形的小袋子，把袋子里面装上玉米粒、高粱粒等，然后把这些小袋子的四个角连接在一起，使它拼成一个圆形。或者直接用几块小布片缝制成一个圆柱形的小袋子，放上少量的粮食，也就成了一个小沙包。

我不但沙包缝制得漂亮，而且玩沙包的水平也比较高。那天下午放学后，一群女孩按照规则开始玩游戏。大家在一个比较宽敞的大门口选了一块场地，在场地的两头各画一道长长的横线。玩游戏的时候，先把沙包放在西边横线的外面，游戏参与者面向横线，用双脚夹起沙包跳起来，跳到横线的里面，在双脚落地的同时把沙包抛起，快速用手接住，然后，再左右脚交替着踢来踢去，边踢边往东边的横线走，等到快要走到横线的时候，把沙包放在横线的里面，最后，再用双脚把沙包夹起跳到横线的外面，同时把沙包抛起，双脚落地的同时把沙包用手接住。至此，一套游戏就全部完成了。

　　随着游戏的一步一步完成，沙包会被放在身体不同的位置，表示升级。一般是先把沙包放在脚背，依次是膝盖、手心、手背、下巴、嘴巴、鼻子、眼睛、额头，最后是头顶。一场游戏下来，能在很短的时间内顺利升级到头顶的人很少，因为这需要很娴熟的游戏技巧。

　　在这群女生当中，我是那个能快速升级的人，所以她们都愿意和我分在一组。有时候，虽然围在一起玩游戏的人看似很多，其实有很多只是冲着我而来围观的。大家看我像一只快乐的小鹿似的蹦蹦跳跳来回穿梭不停，一会儿就把小组同伴的失误给弥补了，都不由自主地爆发出叫好声。尤其是一直和我一组的芙蓉，叫声格外响亮，简直就像自己中了大奖一样。好伙伴的肯定和这些惊呼声，经常让我感到很满足，游戏进行得就会更加顺利，几乎一次也不出现失误，当然升级就会更加快速。

　　那天，只一袋烟的工夫，我就从"脚背"升级到了"眼睛"。我仰起头，闭上眼睛，把沙包放在眼睛上。只要我保持这个姿势，从西边的线走到东边的线，再准确地把沙包放在线内，然后用双脚夹起沙包用力向线外跳起，抛出沙包的同时再用手把沙包接住，就算大功告成。

在小伙伴们的众目睽睽之下，我小心翼翼地走着。我在心里计算着西线到东线的距离，数着自己的步子，然后满怀信心地往前走。

突然，我听到芙蓉的喊声："走歪了！直着走，别走歪了！"

听到芙蓉的喊声，我知道自己因为闭着眼睛失去了方向，可能走歪了。正要停下脚步想一想，调整方向，却听到对手组的张牡丹大声嚷嚷："不能提醒，不能提醒！提醒的话你们就犯规了，犯规就算输。"

听到张牡丹这样说，我立即停止了脚步。心想，自己这一组已经升级到"眼睛"了，而张牡丹那一组还在"膝盖"那里反复挣扎呢。自己小组的级别已经远远超过张牡丹小组，如果犯规就前功尽弃了。按照规则，自己小组成员是不能互相提醒的。

为了证明芙蓉对我没有提醒，我没有调整方向，而是沿着刚才的感觉继续前行。觉得快要接近东线的时候，我满怀信心地用力低头把沙包放下，可是，惨剧发生了：就在我用力低头的一刹那，我的嘴正好磕到了旁边一棵洋槐树刚刚修剪的大树杈。

在一阵惊呼声中，我感到自己的嘴唇撕心裂肺的疼。

芙蓉等很多女孩连忙跑过来，一边查看我的嘴唇，一边七嘴八舌地说："疼不疼？一定很疼吧？"

"我看见你正朝着大树走去呢！"

"我以为你会听宋芙蓉的话！"

"都怪张牡丹，不让我提醒！"

听到伙伴们在叽叽喳喳，我咧着嘴没有说话，我感觉自己已经无法说话了。这事要怪只能怪自己没有把握好方向，又有点儿逞强。

我在心里默念着12356，然后向大家摆摆手，又对着芙蓉指一指自己的家。芙蓉会意，就扶着我往家走去。其他女孩看着我血淋淋的嘴巴都很害怕，在张牡丹的招呼下立即四散回家。

我回到家，在芙蓉的帮助下用清水洗了洗受伤的嘴巴。把血迹洗干净后照镜子时才发现，由于低头时用力过猛，我的下嘴唇已经被树杈子穿透了一个洞，有些肉还外翻着。

芙蓉看得似乎心惊肉跳，露出惊恐的神色，仿佛自己是树杈子的制造者。我看看芙蓉，勉强挤出笑容，算是对好朋友的安慰和感谢。

芙蓉回家了。我没敢告诉外出回来的妈妈自己刚才经历了什么。贵珑和贵玥已经够妈妈操心了，我可不能再给妈妈添堵。我强忍着疼，散开头发遮挡着嘴巴写完作业，低着头胡乱吃了几口饭，面朝墙就早早睡觉了。

福无双至，祸不单行。第二天，我像以前一样自己压井水洗衣服。可是，手忙脚乱中，我用满是肥皂的手握着压水井杆压水的时候，手一滑，井杆因为压力大往上一崩，正好又崩在了我的下巴上，刹那间，我的下巴鼓起了一个大疙瘩。

我龇牙咧嘴地把衣服洗完，照着镜子左看右看，发现自己已经变成一个丑八怪了。我轻轻地抚摸了一下青紫一片的下巴，心里竟然还有点儿小庆幸，幸亏没崩到眼睛，否则后果真是不堪设想了。

妈妈最终发现了我脸上的伤，心疼地问明情况，反复嘱咐我以后要小心一点，一定要注意安全。

接下来的日子里，我没有用任何药物治疗，任凭自己的嘴唇和下巴在痛苦中挣扎，直到消肿、结痂，然后，嘴唇上留下了明显的红色伤疤。

没有破相就已经是万分幸运了！每当照镜子看见自己嘴上的伤疤，我就这样安慰自己。

14 制造神童
——良好的合作宛如一座桥梁，具有神奇的力量

等我嘴唇的伤疤结痂并彻底脱落，又一个六一儿童节就到来了。

这一次，我不但要担任大会司仪，而且还要表演一个节目。用武老师的话说，这叫口吹喇叭脚打鼓——能者多劳。武老师在班里给其他参加节目表演的同学一一分配了任务，然后叫我跟随他到办公室。我正要问我的节目是什么呢，武老师指着刚到办公室门口的一个人说："欧阳修文，这是新来的郎清老师，你们的新语文老师。"

我顺着武老师手指的方向看去，顿时眼前一亮，只见从门口进来一个高个子年轻男人，他白净的脸膛儿、高高的鼻梁，两道清秀的眉毛下，一双眼睛特别明亮，尤其是他身穿洁白的衬衫，而且扎在黑色的西裤里面，真是好看！世界上怎么会有这么干净的人呢？我想。

"你好！"郎清老师走到我面前，说。

"老师好！"我鞠了一躬，忙不迭地说。

"郎清老师是上级派来的公办老师，是正儿八经的师范大学毕业生，不像我，代课罢了。"武老师说这话时，语气似乎有点儿酸溜溜的。

"武老师谦虚了！我经验欠缺，又初来乍到的，以后需要您指导的

地方会有很多。"郎清老师笑嘻嘻地说完,又看着我,说:"听武老师说羊群里跑出个骆驼来,说的就是你啊!咱们合演个有意思的节目吧?"

听到陌生的郎清老师的夸奖,我心里感到美滋滋的。可是,要和他合演节目,我能行吗?我满脸疑问地看着郎老师,不知道该说什么。

郎清老师说:"让你表演的部分是这样的:让人在黑板上画一个人的五官,或者写五个字,然后再让其他任意一个人在黑板上指一指,你就能猜出来她指的是什么。"

"哦,我好好看看她指的什么就可以了?"我问。

"那可不是!人家在黑板上指定人的五官或者字的时候,你要面向观众,背对着那个人呢。"郎清老师一本正经地说。

"啊?"我傻眼了,心想:我又没有千里眼,背对着人家,我怎么能猜出来人家指的是什么?这简直比登天还难啊!

看我愁眉苦脸的模样,郎清老师笑了,说:"这可是让你演一个神童!你们不是都喜欢神童吗?"

神童?我使劲儿让大脑运转着,可是,满脑子里只知道神笔马良,还有奶奶曾经讲述的故事里有神仙,自己真没有见过神童啊!

可能是看我一脸茫然,郎清老师哈哈大笑,说道:"别担心,有我呢!"然后,他就把自己的设想以及为什么要这样做都详细地告诉了我。

认真地听罢郎清老师的话,我两眼都放光了。"咦,还可以这样制造神童啊!"我说。

"你郎老师可有学问呢!"武老师说。

郎老师依然微笑着看着我,又说:"响鼓不用重槌,一点你就通。

怎么样,当一次神童很好玩吧?但是,目前,你可一定要保守这个秘密!"

我说:"嗯!我不会和任何人说的,包括宋芙蓉。"

这下轮到郎老师一脸疑惑了,他问:"宋芙蓉是谁啊?"

"她的好朋友,也是咱班里的,俩人形影不离呢。"武老师说。

六一儿童节那天,因为有了当大会司仪的经验,我的主持任务进行得很顺利,最后一个节目是"见证神童奇迹"。

这时候,武老师走上台来,大声说:"有人说欧阳修文是神童,我不相信,究竟是不是呢?今天,就让她在大家面前展示一下,好不好?"

"好!"台下异口同声,有的学生还伸长了脖子准备看热闹。

武老师摆上一块小黑板,说:"这里有粉笔,请在座的一个同学在黑板上画一个人的五官或者随意写五个字,谁愿意?"

台下的人争相举手,武老师让一个四年级女生画了一张人脸,让一个五年级男生任意写了五个字,那男生想都没想立即就写了"祝节日快乐"。

武老师夸奖了那个男生和女生,然后说:"孙猴子跳出水帘洞——好戏在后头,最神奇的事情就要发生了。你们任意一个人在黑板上指一指人的五官或者五个字中的任意一个字,欧阳修文就能猜出来指的是什么。"

"怎么可能?瞎说的吧!"

"她什么时候成了神童了?"

"她不会偷看吧?"

"是不是会有人告诉她啊?"

大家叽叽喳喳地议论着。

武老师让我面向全体观众，背对着黑板，然后又让一个女生上台。

武老师问："大家都看清楚她指的是什么了吗？"

"看清楚了！"台下观众有些沸腾了，都睁大双眼，看我能不能正确地说出来。坐在最前面的张牡丹生怕漏掉了什么，简直要把眼珠子瞪出来了。

"欧阳修文，你准备好了吗？"武老师故意卖关子。

"准备好了。"一直面对观众的我走向前，假装观察了一番，然后说："她指的是眼睛。"

"啊！指对啦！神童！"武老师有些夸张地说，"再增加一点难度，你能不能用手指一指，刚才那个女生指的是左眼还是右眼？"

"啊！好难！"台下又是一阵骚动。

我默不作声，又指了指那张脸的左眼。

"啊！不可思议啊！"台下的人简直不敢相信自己的眼睛。

"这怎么可能？是有人告诉她的吧？"有人开始东张西望查找"帮凶"。

武老师并没回答，又让我背对着黑板面向大家，然后又随意让一个男生上台。

武老师问："欧阳修文，你说说刚才这个男生指的是哪个字啊？"

我走向前，指了指"乐"字。

学生们简直都要蹦起来了。有人提议让武老师走开，背对着我。可是，无论武老师在不在，我都指的准确无误。

在大家的一片惊奇和感叹声中，庆祝大会结束了。从此，在很多人眼里，我又多了一个标签——"神童"。

芙蓉开心不已。大会一结束，她就迫不及待地来到我面前，假装生气地说："哎呀，原来你有这么大的本事！怎么也不和我透漏一点儿？还说咱俩是最好的朋友呢！不过，看到你这么厉害，我真的很开心！"

我笑而不语，看到芙蓉一脸信以为真的样子，想对她实话实说，但是又想起郎清老师的叮嘱，不能解释什么。只好说："很快你就知道事情的真相了。"

"什么真相？你的意思是说，你不是神童吗？"别看芙蓉平时学习成绩一般，对数学内容反应比较慢，但对于这种具有神奇色彩的事，她还是非常好奇。

我欲言又止。我觉得对好朋友保守秘密真不是一件容易的事。

"好啦好啦，我不问了，反正不管你是不是神童，都不会影响咱俩的友谊。"芙蓉说这话时，就像一位广播站的播音员似的。

15 神奇的作文课
——有些真知灼见来自学习和观察，更离不开思考和体验

第二天上午第一节是语文课，神清气爽的郎老师踏着铃声迈进了教室。

"咦，换老师了？"大家都好奇地看着郎老师。

"从今天开始，我和大家一起上语文课。"郎老师笑意盈盈地说，"以前武老师'包班'，太辛苦了！现在我俩分工，他教数学和体育，我教你们语文、美术和音乐。"

大家都热烈鼓掌。我忽然意识到武老师简直是全能的，在过去的日子里，班里的语文、数学、美术、音乐和体育课都是他一人承包了，真是很辛苦！现在来了新老师，而且还是师范大学毕业的，大家应该学得更好了吧？新老师会教给我们什么有趣的知识呢？我看着郎老师，脑海里涌动着无数涟漪。

"大家还记得昨天的儿童节大会吧？"郎老师问。

"记得！"同学们齐声回答。

"在儿童节大会上，你们印象最深刻的是什么？"郎老师又问。

"欧阳修文是神童！"大家立即就想起昨天大会上我的"神奇"展示，不约而同地看着我，齐声回答道。

郎老师哈哈大笑，说："看来大家的感觉是一致的！今天咱就专门

上作文课，把昨天对欧阳修文的展示感受写一写，不会写的字可以用拼音代替。"

"欧阳修文，你也把事情的经过写一写吧。"郎老师又笑着对我说。我心领神会，正有一吐为快的感觉，所以立即就写了起来。

可能是刚换了新老师，教室里安静得出奇。一阵窸窸窣窣找本子的声音之后，班里的同学都开始埋头写作了。也许是昨天"神童"的事情太刺激，或者是自己的感受很深刻，大家似乎都有话可说。在我们写作的时候，郎老师不断地走来走去巡堂观察。

等大部分人放下笔，有的人正搓着手表示很累的时候，郎老师点名让几个同学简要说说自己的感受。

"欧阳修文昨天的展示……确实很神奇，但我……不大相信……这会是真的。"鲁德明吞吞吐吐地说。

"别看欧阳修文是班长，学习好，但我觉得她不可能会有这么神奇的本事，肯定是假装的。"张牡丹不屑地说。

"我猜想，旁边肯定有人帮忙，但我找了半天，没有发现帮忙的人是谁。"林国盛一脸严肃地说。

被点名起来发言的同学都各有特点地表达着自己的真实想法。班里的其他学生一会儿看看说话的同学，一会儿看看郎老师，一会儿再看看我，有的眉头紧锁思考着，有的聚精会神倾听着，没有人再像以前那样，别人回答问题的时候一副事不关己高高挂起的模样。

郎老师对站起来发言的学生都表示了肯定，然后，他说："大家说了这么多，究竟猜想的对不对呢？有一个人心里是最清楚的。这个人是谁呀？"

"欧阳修文！"大家齐声回答。

"好吧，欧阳修文，你就把自己怎么被制造成神童的经过，跟大家说一说吧。"郎老师把"制造神童"加重了语气。

我立即站起来，说："其实，我根本就不是什么神童，我是跟武老师、郎老师一起和大家做了一个游戏。当别人指到那个画像的眼睛时，郎老师就用手摸一摸自己的眼睛，我就知道别人指的是画像的眼睛，所以就说对了。大家的目光一直在画像那里，而我的目光一直盯着观众群里的郎老师。"

"噢，是这样啊！"大家恍然大悟。

"可是，别人指的那几个字，你不是也猜对了吗？"芙蓉很认真地说，就好像不愿意相信郎老师在一边帮忙似的。

"当别人指到第几个字的时候，郎老师就伸出几个手指，我就从左往右数一数第几个字是什么，然后就说对了。"

"哎呀，怪不得呢！我还以为是真的呢！"

"我就说吧，哪里有什么神童！"

"原来是这样啊！"

"真的是制造出来的神童啊！"

同学们听罢我的话，瞬间就炸开了锅，纷纷议论着。

郎老师拍拍手表示制止，然后说："对于这个结果，大家能接受吗？其实，不接受，这也是真的。不过，咱今天的任务并不是讨论真假，我是想让大家明白，真正好的作文是怎么来的，绝对不是凭空编造出来的。"然后，郎老师又点了几个学生的名字，分别把这几个学生写的作文表扬了一番。张牡丹也在其列，听到老师的表扬，张牡丹心花怒放的脸上就像开了一朵黑色的牡丹花。

最后，郎老师说："写作文，真情实感是很重要的，真情实感是从哪里来的？来自亲身经历、亲自观察和认真思考。有人说，作家有三宝：语言、生活和思想。我们作为学生，既要多看书多模仿，慢慢学习运用语言；也要多参加活动、不断丰富自己的生活；更要有自己的思想、有自己的见解，避免人云亦云。以后，我会带领大家开辟第二课堂，就像昨天玩的游戏一样。"郎老师侃侃而谈，大家听得简直入迷了。

"好了，今天的作文主题就是：制造神童。你们把自己已经写好的文章，再补充上听了欧阳修文解密之后的感悟，一篇完整的作文就算完成了，现在开始吧。"郎老师说。

学生们就像千军万马听到了将军的一声令下，教室里除了"刷刷刷"写字的声音，别无其他。

好神奇的作文课啊！卸下"神童"包袱的我在心里说。

16 颗粒归仓
——粒粒皆辛苦，是对辛勤劳作的最好诠释

热热闹闹的六一儿童节刚过，转眼就到了紧张的麦收时节。金黄的麦田一片一片，饱满的麦穗都沉甸甸地低着头焦急地等待人们赶紧收割，颗粒归仓的丰收景象即将呈现。

每到这个时候，全体村民谁也不敢懈怠。学校放麦假，让孩子们回家帮助大人干点力所能及的活儿。虽然已经有了收割机，但数量较少，一时半会儿轮不到村里，所以，只要看着自家麦子收割时机已到，家家户户男女老少都齐上阵，力争颗粒归仓。

我家的麦子长势很好，晒麦子的场院也早被修整碾压得非常平整。一切准备就绪，只等时机成熟。

一天早上，爷爷从地里直接来到我家，说："麦子熟了，这两天要收割。"

妈妈立即毫不犹豫地说："好，那就收割吧。"于是，妈妈找出早就准备好的镰刀和已经洗好的毛巾，约上已经收割完或者自家麦子还未成熟的邻居和亲戚，一起来到地里开始收割麦子。

妈妈说我个子小，也不太会用镰刀，割麦子速度慢而且存在危险，就让我在家干起了烧水做饭的活儿。我先是烧好一大锅开水，灌满家里所有的暖壶，一手提两把暖壶送到麦地里，然后马不停蹄地回家做饭。我烙油饼的技术已经比较熟练，我左手按住瓷盆，右手和面，然后放面板、分面团、先揉后擀，一个个面饼很快就做好了。我又把铁锅烧热、放油，把面饼一个一个放入锅中不断翻弄。大铁锅一次可以烙六个饼，我不急不慢地一锅一锅烙好，放在盖着包袱的饭盆里保温备用。烙完饼之后，我再根据人数的多少，把妈妈早就买好的小咸鱼放在油锅里，正反面煎一煎。于是，咸鱼配油饼的午餐就大功告成。因为要独立完成这些活儿，所以做饭时烧的不再是平时用的一点即着的软草，而是爷爷早就用斧子劈好的干柴，软草蔓延很快但不起火，还会让人手忙脚乱的。

烙好油饼，煎好咸鱼，忙忙碌碌中已经到了晌午。我把油饼和咸鱼分别放在瓷盆里，用包袱包好放在篮子里，然后立即提着篮子来到麦地里。妈妈看见我来到地头上，就招呼大家赶紧吃饭。帮忙割麦子的人们陆陆续续停下手里的活儿，围坐在一起，一个个摘下斗笠，擦擦满脸的汗水，开始就着咸鱼吃油饼。大人们一边吃，一边夸赞我小小年纪就能把饭做得香喷喷的。

看到妈妈被太阳晒得通红通红的脸，听到大人们的夸赞，站在一旁给大家倒水的我心里一会儿心疼一会儿又美滋滋的，心里想着要把第二天的油饼烙得再松软一些，这样牙齿不好的爷爷吃起来就更加方便了。

割完麦子，大家就一字排开捆麦子。先拿两把麦子，把麦穗的一头扭在一起，再扭一扭就做成了捆麦绳子，然后再用这个绳子把麦子捆成一捆。整整一个下午，整片地里的麦子就成了一个一个躺在地上的麦捆了。最后，再一捆一捆地装在牛车上，一车一车地拉到场院里。

春争日，夏争时。麦捆被全部拉到场院里之后，就开始铡麦子了。铡麦子就是用铡刀把一捆一捆的麦穗铡下来，全部在场院里散开，不断拨弄着晒干，然后脱粒。以前都是用碌碡反复滚压，让麦粒脱离麦秸。一般是让一头驴在前面拉着碌碡，一个人在后面赶着。我记忆里见过那样的场面。

现在，不再用碌碡反复滚压脱粒了，因为有了脱粒机。麦捆被拉到场院里之后，身强力壮的大人们就合作铡麦，然后排队等候脱粒机来给自己家的麦子脱粒。脱粒机脱粒是麦收时节最繁忙的一个环节，必须分工明确且密切配合。有人负责往脱粒机里运送麦穗，至少得有两个人负责在脱粒机下面接着麦粒，一人负责撑开麻袋等着。一个人接满了麦粒就赶紧端着跑出来送到麻袋里，同时，另一个人立即来到脱粒机下面接着……这是一场战争，大人孩子齐上阵，虽然小孩子基本没有能力参与，但是也都不顾大人们的吆喝，积极地围着脱粒机各自忙活着。

那天，轮到我家使用脱粒机的时候，人手不够，于是，我就自告奋勇加入了在脱粒机下面接麦粒的活儿。脱粒机开动起来之后，在轰隆轰隆声中，各个位置的人几乎来不及喘息，都专注地忙活着自己手里的活儿。我来回奔波了无数次之后，脱粒结束，大家都灰头土脸的，汗水湿透了衣衫，我感觉自己浑身都像散架了一般，但是看着一袋袋麦粒，感觉很有成就，似乎所有的疲惫都能烟消云散。

接下来，就是在场院里晒麦粒了。麦粒必须晒干才能入粮库保存，一旦糜烂了就不能吃。每家每户都晒在各自的场院里，或者两家合用一个大场院。把麦粒全部撒开，平铺在场院里，用脚或者木锨整理成一道道垄，隔段时间就翻弄一遍，力争使麦粒均匀受到太阳的照晒。

我特别喜欢双脚在麦粒堆里慢慢挪动，看麦粒一点点漫过脚面，然后呈现一条直线。无数个来回之后，整个场院就出现一条条麦粒垄，非常壮观。有时候，贵珑来捣乱，把我刚刚弄好的麦粒垄拦腰截断，我竖着排，贵珑就横着跑，整个场院就弄得乱七八糟。我追逐着贵珑，贵珑嬉笑着奔跑，麦粒垄就变成了游戏场。等贵珑浑身是汗地躺在麦粒上大声求饶，就连太阳也热辣辣地笑。

可是，六月的天说变就变。这不，晾晒麦粒的第三天，我还在睡觉呢，忽然听见爷爷急促地拍打大门并大声地喊："快去场院，要下雨了！"

我和妈妈连忙起床，拿了麻袋就手忙脚乱往场院赶。爷爷和叔叔已经在场院里了，叔叔已经把自家的麦粒装到麻袋里，正在扎紧麻袋口。爷爷也把我家盖麦粒的草苫子全部打开了，我和妈妈不敢懈怠，赶紧往麻袋里装麦粒。如果不及时把麦粒装在麻袋里运到家，瓢泼大雨就会把麦粒全部淋湿，那样就等于颗粒无收，全年的口粮就会化为乌有，全年的心血就会付诸东流，吃饭也就成了问题。所有人一刻不敢懈怠，奋力拼搏装麦粒，力争在大雨到来之前运回家里。

怎么弄回家呢？我犯愁了。家里只有手推车，这么多麦子，好几趟也运不完……等所有的麦粒装完麻袋，爷爷把几袋麦粒放在小推车上大体捆绑几下，推起小推车往家飞奔。妈妈一边扶着车一边跟着回家卸车。我负责在原地把麻袋口一一扎紧。

乌云密布，雷声滚滚，场院里只有人们装运麦粒的声音。

看着麻袋，我忽然就担心起来，麦粒恐怕是运不完了，要是爸爸在家就好了!

爷爷推车,妈妈扶着,来回奔跑好几趟了,还有几袋麦粒放在那里。开始有雨滴落下来,我绝望地看看天,双手捂住一个麻袋,哀求大雨先不要下下来。正焦急万分之际,已经推完自家麦粒的叔叔推着车子急匆匆赶来,三下五除二,把麻袋全部搬上车子,说了一声"快走",就推着车子飞奔起来……

到家,卸车,刚刚把麻袋扛到屋里,大雨就"哗哗哗"地下起来。爷爷和叔叔顾不上休息就冒雨回家了。

惊魂未定的我看见妈妈开始把麻袋里的麦粒一一倒出来,赶紧上前帮忙,把麦粒倒在炕前、堂屋的地上,然后慢慢翻弄起来。

一连两天都在下雨,妈妈满面愁云,不断地唉声叹气。贵珑照样在麦粒堆里玩。看妈妈面色凝重,我的心情也很沉重。如果这些麦子不能完全晒干保存下来,今年想要吃到白面馒头就几乎不可能了。我默默祈祷,老天爷快快开脸,让大家把麦子好好晒完。

还好,第三天,太阳露出了红红的脸,而且笑得非常灿烂。村里的人终于舒了一口气,等场院被晒干,大家又立即把麦粒运到场院里,更加频繁地翻弄着晾晒起来。

我家的麦子最终没有完全晒好,有一部分还是糜烂了。屋要人支,人要粮撑,麦子减产,预示着今年要少吃白面。

有一天,村里来了耍杂技的。他们在大街上耍完杂技之后,就分头挨家挨户要饭。村里的人都根据各自情况给饼子或者给地瓜干,无论给多给少,耍杂技的都不拒绝。一个耍杂技的小伙子来到我家,我看见他的篮子里几乎全是地瓜干,就毫不犹豫地盛了一大瓢麦子送给了他。妈妈看着我,欲言又止。等小伙子惊喜地收下麦子走后,妈妈对我说:"我知道你很善良,但是发善心要量力而行,咱们全家就指望这点麦子吃点白面啊。"

听妈妈这么说,我心里"咯噔"一下子,真是不当家不知道柴米油盐贵,以后再遇到这种情况,自己一定要量力而行。我想。

17 快乐的暑假
——充满欢乐与自由的时光，成就了五彩斑斓的童年画卷

又一个暑假开始了。在白天黑夜此起彼伏的蝉鸣蛙叫声中，麦粒没有及时完全晒干的阴影，在我心中已经无影无踪。

我和贵珑的重要任务，是把铡刀铡下来的麦秸捆再仔细检查一遍，把夹在里面的麦穗找出来。妈妈会把我们找出来的麦穗集中晾晒、脱粒，还会把干净粗壮的麦秸秆做成蒸饭用的篦子。

天气炎热，妈妈、贵珑和我一字排开坐在门前的槐树下，各自打开一个麦捆仔细翻弄一遍，把找出来的麦穗放在篮子里，贵玥则坐在一旁玩耍。

专心干了一段时间，贵珑就开始不耐烦了。他拆开一个麦捆，扒拉几下找出几个麦穗，然后把麦秸往身后一撒就算检查完了。

我和妈妈都看见了，我刚要批评他，忽然听到有人吆喝："卖冰棍儿啦！五分钱一根！"贵珑伸长脖子看着卖冰棍儿的，不停地舔嘴唇。

妈妈问："贵珑，你是不是想吃冰棍儿啊？"

贵珑两眼放光，立即说："想啊想啊，天气真是太热了！"

妈妈说："吃冰棍儿可以，但你得把面前的麦捆全部认真检查完。"

贵珑看着眼前的麦捆，面露愁容，但再看看不远处卖冰棍儿的人，又无

可奈何地舔舔嘴唇，然后手忙脚乱地快速检查起来。

我和妈妈相视一笑，就拿着她悄悄给我的钱去买冰棍儿了。

就这样，今天一根冰棍儿，明天一包冰水，偶尔买个西瓜或者一瓶橘子汁，贵珑被这些"糖衣炮弹"吸引着，乖乖地坚持把麦捆检查完了。等拣出来的麦穗全部晒干，妈妈就用木棍反复敲打，直到麦粒脱离麦秸，再把麦粒用袋子背到小平屋上充分晾晒一下，拣麦穗的工作就彻底完成了。

拣完麦穗后，我和贵珑立即写暑假作业。知了在树上死皮赖脸地叫着，我俩拿着蒲扇、搬着凳子来到大门口的阴凉地儿，各自忙活起来。

等写完作业，我们就开始痛快地玩耍。贵珑跟着小伙伴们粘知了。他先是找了一根细长的树干，抓一把麦粒放进嘴里反复咀嚼半天，再放进水里洗一洗只留下黏黏的一坨，然后把这一坨粘在树干的最顶端。贵珑来到邻居家门口的一棵白杨树下，爷爷曾经告诉过他，白杨树的树枝稀疏、树叶宽大，容易发现知了，也容易把粘知了的树干靠近树上的知了。贵珑仰着头，举起树干，凝神静气，慢慢地靠近一只正声嘶力竭大叫着的知了。慢慢地，慢慢地，就在靠近知了的一刹那，贵珑迅速地把树干顶端的一坨压在知了背上。他兴奋地挪动树干，翅膀已经被粘住的知了"吱吱"地叫着，垂死挣扎。贵珑得意地把知了拿下来，随手送给一个跟在他身后满脸仰慕的小男孩，说："送给你了。好好学着点儿，明年你就会粘了。"那样子，就仿佛一个什么部落的首领似的。对贵珑来说，似乎今天捉住了一只知了，以后就能捉住整个夏天了。

我对粘知了一点儿也不感兴趣，兴致勃勃地选择了另一项活动：晒槐米。因为矮树枝的槐米早就被人摘去了，高树枝上的那些要爬到树上才能摘得到，但爬树很危险。爷爷找了根粗壮的木棍，去皮后仔细修理，再把一个铁钩子牢牢地捆绑在木棍的顶端。于是，我就拥有了一个树枝钩子。我扛着树枝钩子、挎着篮子，领着贵玥来到村边高高的槐树下。我仰着头，用钩子钩住一根长满槐米的树枝，用力一折，槐米就落在树下了。贵玥赶紧跑过去，把槐米捡起来放在篮子里。等槐米装满篮子，我俩就立即回家，把槐米从树枝上摘下来，均匀地铺在凉席上，然后放在太阳下晾晒。

村里有专门收购槐米的人家，他们会按照一等品、二等品、三等品等给予不同的价格。如果连续几天阳光充足、翻晒及时、槐米晒透不变色，就能卖一等品。有时遇到连阴天，槐米晒得不好，会被认定为三等品甚至是等外品，不值钱。虽然卖槐米挣到的钱不多，但是我们很快乐，而且用这些钱买冰棍吃还是绰绰有余的。有一次，贵珑到村西头粘知了时发现一棵比较矮的槐树，槐米很多，一看就是还没有被人采过。他赶紧回家告诉我，马上和我一起带着钩子来到那里，我们忙活了整整一个上午，中午回家后又连续作战，把家里所有的家什都利用起来晾晒槐米。天公作美，一连几天，天气晴朗，太阳毒辣，槐米品相很好，被认定为一等品，卖了整整十元钱。

我给了妈妈五元钱，除了给贵珑和贵玥买冰棍儿，剩余的钱被揣在口袋里好几天。妈妈给我做的四角短裤已经洗得掉了颜色，我考虑了半天后，来到供销社买了三尺花布，回家后学着妈妈的样子，照葫芦画瓢，比对着旧短裤裁剪一番，然后穿针引线缝制了一条短裤。我穿着自己缝制的花布短裤，引来无数小伙伴的围观。

18 林国盛想吃鸡
——吃是最朴素的念想，但蕴含着丰富的情感和内涵

暑假里同样喜欢自力更生的不只是我和贵珑，还有常金罡、林国盛和鲁德明等。

那天，几个男生在我家门前的槐树底下玩砍尖儿，还没到中午做饭的时候呢，常金罡竟然说自己闻到鸡肉的香味了。

"你是想吃鸡肉想疯了吧。"鲁德明使劲儿吸了吸鼻子，说："我怎么没闻到？又不是逢年过节，这个时候谁会在家里吃鸡肉呢？"

林国盛也使劲儿吸了吸鼻子，似乎闻到了鸡肉的香味儿，他咽了一口唾沫，说："不一定。我家东邻的女人好像刚刚生了孩子，昨天晚上我还听到小孩儿哭呢，这鸡肉香味可能就是从她家里传出来的。"

小伙伴们连连点头，都觉得这事儿确实很有可能。

鲁德明忽然想起了什么似的，说："哎，你们听说过半夜鸡叫的事儿吗？"

常金罡说："不就是那个周扒皮假装公鸡叫吗？"

"什么周扒皮，我说的是黄鼠狼。"鲁德明看见其他人都一副洗耳恭听的样子，便更加神秘地说："我听我老爷爷说过，半夜里如果听到

鸡叫声,就是黄鼠狼来拖鸡了。只要有人快出去撵,那黄鼠狼就会丢下鸡逃跑。被咬的鸡基本上也活不了,大人再心疼也没有办法,只能炒着吃了,炖着吃也行,反正就有鸡肉吃了。"

"这是真的吗?"常金罡表示怀疑,说:"我怎么没听说有黄鼠狼这个东西呢?"

林国盛不屑一笑,说:"你没听说过的事儿多了去了。"

大家都感觉黄鼠狼离自己很遥远,就开始嚷嚷着继续玩砍尖儿。

但是,鲁德明这个半夜鸡叫的故事却让林国盛脑洞大开。同时,他忽然想起自己上一次吃鸡似乎是很久很久以前的事了。

当天晚上,林国盛决定不睡觉了,他躺在炕上一直保持警惕,希望半夜能听到鸡叫声,自己好立即喊妈妈加入追撵黄鼠狼的行列。可是,几乎整整一夜,除了隔壁邻居家的小孩儿啼哭了几次,家里的鸡就像是棉花落在油缸里——一点儿声响都没有。这让林国盛很失望。天蒙蒙亮的时候,估计黄鼠狼也不会再出来捉鸡了,他才连连打了几个哈欠后沉沉睡去。

一连几个晚上,林国盛都是这样聚精会神地等待鸡叫声。可惜,他期待的情景一直没有出现。林国盛并不死心,他仔细观察了一番后发现,每到天黑时,妈妈总是把鸡窝的门用木板堵得严严实实的,黄鼠狼根本就钻不进去,更不用说拖鸡了。这一发现让林国盛很兴奋,他觉得自己这么容易就找到自家鸡半夜不叫的原因了,于是,天黑以后,趁着妈妈不注意,林国盛就把鸡窝门口故意留了个缝儿,希望黄鼠狼能钻进鸡窝里把鸡咬死。

林国盛耐心等着妈妈在街上乘凉后回家，而且很快就睡着了，睡了整整一中午的他躺在炕上，竖起耳朵仔细听着，准备鸡窝一有动静就喊妈妈去驱赶黄鼠狼，满心期待早点吃上鸡肉。

　　可是，连续坚守了好几天，林国盛都是干瞪眼，就像那扣在筛子下边的麻雀——干扑棱，没办法。夜深人静时，耳朵里除了一阵一阵的狗叫声，就是屋前池塘里的青蛙不知疲倦地呱呱叫着。在狗和青蛙此起彼伏的喊叫比赛中，偶尔夹杂着隔壁小孩儿的啼哭声，沮丧的林国盛实在抵挡不住瞌睡的诱惑，在郁闷中睡着了。直到暑假结束，林国盛也没听见半夜鸡叫声，他吃鸡的希望以破灭而告终。

　　虽然没能如愿吃到鸡肉，林国盛却喝了不少鱼汤，因为他经常约着常金罡、鲁德明等到村南边的河里摸鱼。直到有一天，林国盛回家后突然感到腿疼，低头一看，发现在自己的右小腿儿上正趴着一个黑乎乎的豆粒大小的东西。他用手摸了摸，软软的。

　　"妈，快来看这是什么？"林国盛慌了，赶紧喊。

　　林国盛的妈妈跑过来一看，说："你腿上有蚂蟥呢！"说着，她伸出右手"啪啪啪"使劲儿在黑点的地方拍了几下，然后，一条黑黑的东西就从林国盛腿上掉下来了。

　　"幸亏及时发现，如果这东西钻到身体里去就麻烦了！"林国盛的妈妈说。

　　林国盛立即感到毛骨悚然，一连好几天都不敢下河捞鱼摸虾了。

　　自从听说林国盛被蚂蟥叮着的事情，我和贵珑就再也不去河里玩耍了。每天待在家里后，我忽然发现苍蝇比较多，"嗡嗡"地叫着，一会儿飞到炕上，一会儿飞到堂屋。虽然妈妈用挂历纸捻成了帘子挂在堂屋门外，但是，苍蝇们似乎无孔不入。

我用课本拍打苍蝇，但几乎一次也没成功。因为苍蝇还没等课本靠近它就立即飞走了。我明白是因为离苍蝇太近的缘故，于是就从贵珑的一只旧鞋上拆下一块橡胶鞋底，钉在一根木棍儿上做成一个拍子。

我对自己的发明很满意，贵珑和贵玥则似乎找到了新玩具，央求我给他俩各做一个。很快，我们仨每人一个苍蝇拍，在屋里"噼里啪啦"地乱打一气。还别说，真有不少苍蝇被打死了。但是没过几天，贵珑就对这个苍蝇拍不感兴趣了，又跑到街上找小伙伴玩耍。我担心他跟着别人到河里被蚂蟥叮着，就想了一个办法。

我说："贵珑、贵玥，你俩进行比赛吧，谁拍到的苍蝇多，我有奖励。"

贵珑一听立即乐开了花，指指贵玥说："比过她，小菜儿一碟啊！"

贵玥看着比自己高了一头的贵珑，噘着小嘴不说话。

我搂着贵玥，说："贵珑，你是哥哥，你起码得比贵玥多打20个苍蝇才能算你赢。"

贵玥听我这么说，高兴地跳起来，说："好呀好呀！"就好像这样自己就能赢了哥哥似的。

贵珑摆摆手，说："男子汉不小气，我让着你！"

于是，屋里又响起了"噼里啪啦"拍苍蝇的声音。

暑假，就在我们热火朝天拍苍蝇又感到乐趣无穷中悄悄地溜走了。

19 识字比赛
——汉字能点亮智慧之光，为生活增添别样色彩

初秋，天气转凉，下午放学后我和贵珑都早早回家了。

一天晚上，妈妈忽然想起了什么似的，说："我给你们讲个故事吧，说的是两个很有学问的人——周瑜和诸葛亮。"

"好啊好啊！"我赶紧说。我早就听郎清老师讲过《三国演义》里面的故事，尤其是"周瑜打黄盖——一个愿打一个愿挨"那句话，我还想方设法引用在作文里呢。贵珑已从小画书上知道周瑜和诸葛亮了，喜欢听故事自然不在话下。贵玥一听妈妈要讲故事也立即乖乖地坐好了。

妈妈一边飞针走线做鞋垫，一边慢悠悠地说："周瑜嫉妒诸葛亮的才能，总想加害于他。有一天，周瑜请诸葛亮吃饭。在宴会上，周瑜对诸葛亮说：'孔明先生，咱俩来对诗吧，对出来有赏，对不出来就杀头，你看怎么样？'诸葛亮早就觉察到周瑜的企图，一听要对诗，心想小菜一碟，就从容地笑着说：'君子无戏言，戏言非君子，请说吧。'周瑜随口说道：'有水便是溪，无水也是奚，去掉溪边水，加鸟便是鸡；得志猫儿胜过虎，落魄凤凰不如鸡。'"

贵珑一头雾水，说："妈妈，这个周瑜说的是诗吗？我听不懂，里

面很多字我还不认识呢。"

我也说:"我怎么觉得这是在玩文字游戏啊。前面那几句我明白,就是把一个字换换偏旁,然后变成另一个字。但是'鸡'这个字没有奚啊!"

听了我俩的问话,妈妈笑了,说:"你们现在正好可以认识这些字啊。"然后就把溪、奚和鸡的繁体字'鷄',逐一解释了一遍。贵珑听罢恍然大悟,央求妈妈继续说。

妈妈说:"诸葛亮听了周瑜的话,心中暗想,自己身为蜀国军师,今日落入周瑜之手,在周瑜看来,不就是'落魄凤凰'吗?于是立即说:'有木便是棋,无木也是其,去掉棋边木,加欠便是欺;龙游浅水遭虾戏,虎落平阳被犬欺。'"

"哈哈!"我听罢大笑,说:"诸葛亮把自己比作龙和虎,把周瑜比作虾和狗了。妈妈,我说的对吗?"

妈妈笑着点点头,然后问贵珑:"棋、其、欺这三个字,你都认识吗?"

贵珑说:"棋和其我认识,'去掉棋边木,加欠便是欺'中的'欺'字我不认识。"我在纸上写了写,然后给贵珑看了看,说:"这就是欺骗的欺。"贵玥歪着小脑袋,睁着大眼睛看我们讨论,一声不吭。

妈妈又说:"周瑜一听诸葛亮把自己比作龙和虎,把他比作虾和狗,很生气。周瑜的好朋友鲁肃早就已经发现诸葛亮与周瑜在龙虎斗了,他看见周瑜要发火的样子,就急忙劝解,说:'有水也是湘,无水也是相,去掉湘边水,加雨便是霜;各人自扫门前雪,莫管他人瓦上霜。'"

"妈妈,这又是哪几个字?"我没有听出来。

妈妈拿过笔，在纸上写了写，我和贵珑终于看明白了。

贵珑很开心地说："哈哈，我又认识了三个字。"

"后来呢？周瑜不生气了吗？"我问妈妈。

妈妈继续说："听了鲁肃的劝说，年轻气盛的周瑜还是感到很生气，就说：'有手便是扭，无手便是丑，去掉扭边手，加女便是妞；隆中有女长得丑，江南没有更丑妞。'你们知道周瑜这是在说谁吗？"

"不知道！"我和贵珑都摇摇头，我脑袋里只出现了丑、扭、妞这些字，并把这些字写在纸上给贵珑看，根本没想到周瑜是在说同一个人。

妈妈说："周瑜是在嘲笑诸葛亮的夫人长得丑呢。"

贵珑看了看我写的字，说："嘿嘿，我都认识。"然后问妈妈："周瑜笑话诸葛亮夫人长得丑，诸葛亮一定很生气。他会怎么说呢？"

妈妈继续说："诸葛亮听了周瑜的话，知道周瑜这话是在嘲笑自己的夫人长得丑，就不动声色地说：'有木便是桥，无木也是乔，去掉桥边木，加女便是娇；江东美女大小乔，铜雀奸雄锁二娇。'"

我写下乔、桥和娇给贵珑看，贵珑摇摇头。

妈妈说："当时，乔家有两个很漂亮的女儿，孙策和周瑜打了胜仗以后，孙策娶了姐姐大乔，周瑜娶了妹妹小乔。诸葛亮用这句话奚落周瑜。"

"这不是两个人又吵架了吗？"我说。

"是啊。"妈妈说："周瑜没占到便宜，就更加生气了。鲁肃一看那剑拔弩张的场面，赶紧打圆场说：'有木便是槽，无木也是曹，去掉槽边木，加米便是糟；当今之计在破曹，龙虎相斗岂不糟！'"

妈妈直接写下曹、槽、糟三个字，给我和贵珑看了看，说："这几个字，你俩都不认识吧？鲁肃的意思是说，咱们现在要想办法一起对付曹操，你们俩现在就如同龙虎斗，只能让事情更加糟糕。"贵玥也伸着小脑袋看了几眼。

"后来呢？"我和贵珑同时问。

妈妈说："周瑜是个聪明人，他看见鲁肃一而再再而三地进行调解，只好以大局为重，收起自己的嫉妒之心，联合诸葛亮一起对付曹操，于是就有了后来的'火烧赤壁'。"

"妈妈，这也是《三国演义》中的故事吗？"我问。

妈妈笑了，说："应该是别人从《三国演义》中编出来的，我也是听你三大娘说的，你三大娘是听你三大爷说的。你三大爷是大学生，见多识广，看书很多，可有文化了。"

我认识这个三大爷，他浓眉大眼、个子高高的，爱笑但不大说话。早就听妈妈说过，三大爷是村里考出去的第一个大学生，人很聪明。

我发现，有文化的人和没文化的人过的生活是不一样的。这个故事让我觉得中国汉字很有意思。如果我也能像诸葛亮那样出口成章该有多好！

第二天晚上，我意犹未尽，说："咱来进行识字比赛吧。"

贵珑说："比赛？我才认识几个字啊！你比我学得多，我肯定输。"

我说："说是识字比赛，其实只是做游戏、长见识。你会就说，不会就听，可以吗？"

"那倒可以。"贵珑点点头。自从上了学，他就像变了一个人似的，学习可认真了，学习成绩一直在班级里名列前茅。这也让我觉得自己作为姐姐应该做好榜样，更加努力学习了。

妈妈说："这样吧，你们俩先查字典，找出自己喜欢的字，然后照着昨天晚上我说的样子写下来。等准备好了，咱们再进行识字比赛，好不好？"

"好啊好啊！"贵珑欢欣雀跃，能查字典准备一下再好不过了。

"姐姐，你教教我，怎么查字典更好呢？"贵珑虚心请教。

"先找一个部首，用这个部首会组成很多不同的字，你再看看字所在的页码，就知道这个字的读音和意思了。"我好为人师。

于是，在接下来的日子里，我和贵珑有空儿就抱着字典翻来翻去，终于都准备好了。这天晚上，我们四个人又围坐在一起，我和贵珑面前各放着一张纸，上面写着各自找出的字。

妈妈首先说："有水便是清，无水也是青，去掉清边水，加心便是情。"

我说："有水便是洞，无水便是同，去掉洞边水，加木便是桐。"

贵珑说："有草便是花，无草便是化，去掉花上草，加十便是华。"

我说："有火便是炮，无火便是包，去掉炮边火，加月便是胞。"

贵珑说："有月便是胞，无月便是包，去掉胞边月，加水便是泡。"

我说："有水便是泡，无水便是包，去掉泡边水，加足便是跑。"

贵珑说："有木便是榜，无木便是旁，去掉榜边木，加人便是傍。"

我说："有人便是伊，无人便是尹，去掉伊边人，加口便是君。"

贵珑说："有衣便是裙，无衣便是君，去掉裙边衣，加羊便是群。"

我说:"贵珑,你才上一年级,玩砍尖儿游戏数一数二,识字也不少啊!"

贵珑说:"妈妈给我起名叫欧阳修斌,不就是让我文武双全嘛!"

听贵珑这么说,我和妈妈都笑了。妈妈说:"我是想让你成为一个文武双全的人,但我说的'武'可不是指玩砍尖儿。"

"哈哈,太有意思啦!今天又认识了很多字。不过,我找到的已经说完了,我得赶快再找一些!"贵珑转移话题,拿过字典就翻阅起来。

我说:"我也得再查字典了。"说完就找出自己的字典看了起来。

妈妈脸上乐开了花,说:"看一会儿就赶紧睡觉吧,明天还要早起呢。"

中国文字妙趣横生,文字的魅力让我们全家其乐融融。在以后的很多个夜晚,我家的识字比赛继续进行,我和贵珑也借此认识了很多字。

村庄的夜风,让人很是轻松。

20 彩虹"转指"
——无知又不问的行为，往往会带来更大的伤害

深秋说到就到。一场秋雨一场寒。随着雨后各种树叶被风卷残云一般"唰唰唰"地落到地上，村里的人们也都开始添衣保暖。

一天早晨起床后，我感觉自己的右手中指有点疼，仔细瞅了瞅，发现在中指指甲的边上出现了一个小米粒儿大的黑点。我按了按，疼，但能忍受，就没在意。

可是，万万没想到，小黑点竟然慢慢长大，变成了一个紫黑的脓包，而且，脓包又蔓延生长，直到把整个指甲紧紧地包裹了起来。我的右手越来越无法写字，右手中指疼痛难忍，有时疼得忍不住掉眼泪，心里默念了无数遍12356也不管用，只能任凭这个脓包疯狂地折磨我。

"为什么你的指甲会变成这样呢？"每次看见我疼得龇牙咧嘴，芙蓉就会这样问。

我茫然地摇摇头，不知道什么原因。为了不让妈妈担心，我也没有跟她说手指发生的状况，妈妈也没有发现我手指的异常。

有一次课间活动时，我又疼得趴在桌子上掉眼泪。芙蓉过来安慰我，但又不知道说什么好，只是用手抚摸着我的肩膀。

张牡丹走过来,看了看我的手指,煞有介事地说:"我娘说过,天上出现彩虹的时候是不能用手指的。如果用手指了就会长'转指',你这个应该就是'转指'。"

芙蓉恍然大悟说:"我想起来了,暑假里有一次你看见了彩虹,确实是用手指着让我看来。"

我也想起来了。用手指着彩虹喊别人快看的事,我干了不止一次。在过去很多雨后的日子里,我经常看见有彩虹出现,别人也都是等我喊叫并指着时她们才发现。

可能就是这个原因。我和芙蓉不约而同地对视了一眼,都感觉张牡丹说的好像没错。但至于为什么用手指了彩虹之后手指就会生病,我说不清。

"我娘说了,谁长'转指'就是老天爷对谁的惩罚!别看你学习好,你做了不应该做的事,一样会受到惩罚!"张牡丹严肃地看着我,说话时加重了语气,声音中似乎还带着浓浓的幸灾乐祸。

好吧,那就乖乖地接受惩罚吧!我低头看看已经肿胀得皮肤发亮的手指,非常无奈又非常沮丧地想。既然自己犯了错,那就应该受到惩罚。

可是,让我感到困惑不解的是,为什么用手指了指彩虹就是犯错呢?用手指彩虹丝毫没有伤害到什么啊!这让我更加感觉彩虹是非常神秘的东西。记忆中,在夏天,一阵雷雨过后,天空常常会出现一条非常美丽的弓形彩带,从它的外层向里,整齐地排列着红、黄、绿、蓝、紫等好多种颜色,远远地看着是那么奇妙。为什么下雨后会出现彩虹?这个问题在我脑海里经常浮现,但是一直没有答案。

现在，我的手指遭受着这样的折磨，可见是真的惹恼彩虹了。这是我犯错的结果，所以只能独自承受着，坚决不能让整天忙碌的妈妈知道这个情况。妈妈已经很累了，每次看到她忙得东奔西走、上气不接下气的时候，我就暗暗发誓，长大了坚决不找爸爸这样的人当丈夫。就像妈妈这样，干农活儿、照顾孩子、种菜做饭，什么事情都需要自己做，还要丈夫干什么呢？只是有个在外面当工人的丈夫的好名声罢了——如果这也算是好名声的话。我很奇怪自己竟然想到了这些。

妈妈确实太忙了，我在家里从来没有喊疼，妈妈也就没有发现我正遭受折磨。其实我知道村里有赤脚医生，但我不想让赤脚医生也知道我用手指彩虹受到惩罚的事情，所以只能眼睁睁忍受着手指的脓包发出一阵一阵的刺痛，在无可奈何中等待脓包的自我消亡。

后来，随着原来肿胀发光的脓包慢慢消肿，我右手中指的指甲周围开始奇痒无比，我经常痒得想用铅笔尖使劲儿地戳一戳，但我还是忍住了，我害怕用铅笔戳了之后再出现更大的麻烦。

梧桐叶落之时，正是初冬来临之际。从秋天到冬天，我感觉过了很久很久。包裹着指甲的脓包表皮终于慢慢干皱，开始有脓液不断流出，我不断撕下本子纸擦拭，经常把桌面弄得乱糟糟的。

同桌鲁德明一脸嫌弃地说："你这是什么病啊？"

我满脸歉意但不解释，只能暗暗祈祷自己的手指能够早点好起来。

一天夜晚，妈妈忙里偷闲织毛裤，我和贵珑在认真写作业。写着写着，我忽然感到右手中指的指甲周围出奇地痒。我不由自主地使劲儿挠了挠，竟然从流脓液的地方拽出一条凝胶一样的深色长条东西。

贵珑看见了，大声惊呼："姐姐，你的手怎么了？"

妈妈听见了，急忙过来查看，心疼地说："你的手怎么这样了？"

我云淡风轻地说："12356！张牡丹告诉我了，她妈妈说这是用手指彩虹遭受的惩罚，谁也不能说。"

妈妈仔细地看着我的手指，说："你可真是拿着棒槌缝衣服——啥也当真（针）。平时挺机灵的孩子，怎么能傻乎乎地相信牡丹说的瞎话呢？我上学的时候老师就说过，雨后出现彩虹是自然现象。"

妈妈停顿了一下，又说："要是我早发现你的手指有问题，早点带着你去找医生看看，或许你就不用遭这个罪了！贵玲你记着，以后再遇到事情，无论是好事情还是坏事情，应该立即告诉你最亲的人，现在是我、你爸爸、你爷爷、你奶奶、你叔叔，将来你们长大了，要告诉贵珑和贵玥。生病后自己承受，看似不想给家人添麻烦，但一旦因为拖延出现更加不好的后果，那才是真正的麻烦呢！"

我点点头，心里忽然瞬间释然，当然也有一点遗憾。如果我早点告诉妈妈，可能不但不用遭受折磨，而且还不用战战兢兢地郁闷这么长时间。

第二天，妈妈带着我去找村里的赤脚医生。医生一边用酒精棉擦着我的手指，一边说："你这孩子真能忍！怎么不早来找我？不过也不用担心了，很快就会好的！"

果然，又过了一段时间，我的右手中指的整个指甲就完全掉下来了，疼痛也就此结束。再后来，又慢慢长出了新指甲。

21 神秘的箱柜
——每个人都有属于自己的秘密,有时无需揭开谜底

东屋的炕前一直放着一个古色古香的四脚木头柜子,柜子上是一个同样风格的木头箱子。妈妈告诉过我,这是她结婚时的嫁妆。

我对箱柜不感兴趣,直到有一年春天,妈妈从柜子里拿出一个红色的大包袱。当妈妈打开包袱的一刹那,我简直傻眼了。包袱里全是花花绿绿的布料,有的大,有的小,都是崭新崭新的,还散发着一种淡淡的特殊香气。我问妈妈得知,那是香樟木的味道。

妈妈挑选出一块滑溜溜的大红色绸缎,在我身上比画了几下,说:"就用这块布给你做件小褂儿吧。"

"给我?"我不大相信自己的耳朵。

"是啊,你身上的褂子短得都快露着脊梁了。这块绸缎正好能给你做件小褂儿。如果你穿得仔细点儿,等你穿不上了还可以给贵玥穿。"

于是,不久以后,我就穿上大红色的绸缎衬衫了。风一吹,衬衫紧贴着皮肤,凉凉的,滑滑的,别提有多舒服了。从那时起,我开始断定妈妈的柜子里一定还珍藏着很多宝贵的东西。

这年冬天的一个夜晚,妈妈忽然从柜子里拿出一个黄黄的香味扑鼻

的大苹果。随着香味在屋里蔓延开来,贵珑和贵玥的大眼睛都不约而同地瞪着,我感觉自己的口水都快要流出来了。

妈妈拿来菜刀,把大苹果一分为四,先给贵玥一块,再给贵珑一块,然后把一块稍大的给了我,自己则拿起那块最小的。我咬了一口软软的果肉,感觉就像咬着刚刚凉下来的新发面馎饽,咀嚼几下似乎很快就化了。贵珑三下五除二很快就把自己的那块苹果吃完了,他吧嗒吧嗒嘴巴,眼巴巴地看着我。妈妈立即把自己手里的那块只咬了一小口的苹果递给了贵珑,说:"我晚饭吃得有点儿多,你帮我把苹果吃了吧。"

贵珑听妈妈这么说,立即眉开眼笑地把苹果拿过去,小心翼翼地握在手里一小口一小口地吃起来,好像一口吃完了就对不起妈妈似的。

看到贵珑的样子我忍不住笑了,我把手里还剩了一半儿的苹果递给贵珑,说:"我晚饭也吃多了,你也帮我把苹果吃了吧。"

贵珑愣了,他忽闪着大眼睛看着我,似乎不相信自己的耳朵。

我把苹果塞到贵珑的另一只手里,说:"快吃吧,谁让你是男子汉呢!"

贵珑看看左手,再看看右手,开心得不得了,他顾不上说话,马上就美滋滋地吃了起来。

"今天晚上咱们就吃这一个苹果。以后只要你们都早睡早起、按时上学、认真写作业,还会有苹果吃的。"妈妈说。

"好!好!"贵珑用塞着苹果的嘴巴大声说。我和妈妈都笑了。

于是,在以后的日子里,只要妈妈喊一声"起床了",我和贵珑都乖乖地从暖暖的被窝里爬起来,按时上学,放学后马上回家认真写作业。

当然，每个星期六的晚上，我们都能吃到妈妈从柜子里拿出来的香喷喷的大金帅苹果。

不过，让我感到很奇怪的是，这些苹果是从哪里来的呢？妈妈又是什么时候放进柜子里的？这个大柜子是一个既有衣料又有苹果的宝箱吗？

这个疑问还没解开，新的疑问就接着到来。

那天妈妈出门去了，贵珑忽然像发现新大陆似的喊："姐，快来看，快来看！"

正在背课文的我不知道发生了什么，赶紧跑过来一看，没有发现异常，就说："贵珑，我正忙着呢，你别没事逗我玩！"

贵珑很认真地指了指木柜，说："你猜这里面会放着什么？"

我立即明白贵珑是想吃金帅苹果了，就说："不经过妈妈的允许，咱们不能随便打开这个柜子。你想吃苹果就好好表现，说不定今天晚上就能吃到呢！"

"不是吃苹果，我是说这里！"贵珑又指了指柜子上方说。

我一看，原来的大木箱不见了，取而代之的是一个小木箱。

"这是什么啊？什么时候放上的？我怎么不知道？"我问。

"我也不知道！你说这里面会放着好吃的吗？"贵珑咽了口唾沫说。

"不知道啊，说不定妈妈想给咱们一个惊喜呢！"我的想象力忽然迸发了。

"姐，咱先打开看看吧，有好吃的我也不拿！"贵珑说。

"妈妈没在家，咱俩翻箱倒柜的不好！再说了，万一有好吃的你忍不住吃了怎么办？"我说。

"只是打开看看，我保证不吃可以了吧？"贵珑很诚恳地说，"反正没有上锁，如果不能看，妈妈会上锁的。"

我觉得贵珑说的似乎有点儿道理。其实我也想看看小箱子里面究竟是什么，而且我知道，即便小箱子里有好吃的，贵珑也不会偷吃。

"好吧，我打开看看。"我想把小箱子搬到炕上去，这样看得更清楚一些，可是小箱子很沉，我搬了几次竟然都没搬动。

"你没劲儿，看我的。"贵珑说着，伸出两条胖胳膊一下就把箱子抱了起来。他把箱子放在炕上，迫不及待地掀起锁扣把箱子打开了。

小箱子里全是书。

我眼前一亮，仿佛发现了宝贝似的，我没想到小箱子里竟然放着这么多书。我开始一本一本地翻看，发现都是爸爸的专业书。贵珑也忙着翻了半天，但没发现感兴趣的就失望地喝水去了。

我干脆坐在炕上仔细翻看起来。有几本书是左边线装的，纸张微微发黄，字儿都是竖着排列，我看了几行，没看懂，干脆放弃了。

我继续翻，期待能找到自己想看的书，什么诗词、故事，等等。可是，让我感到失望的是，眼看快要翻到箱底了，也没有看到自己想要的书。

就在我准备把书重新放回箱子时，忽然看见箱底有一个小本子，连忙欣喜地拿起来翻看。本子上密密麻麻的连笔字记着一些知识笔记，我看不懂。这可能是爸爸的学习笔记，我想。我正要把本子合上，一张黑白照片从本子里飘落到炕上。

我好奇地捡起照片一看，照片上是一个很年轻很漂亮的姑娘。我瞪大眼睛仔细地看了又看，确定这个姑娘不是妈妈。

这个姑娘会是谁呢？她的照片为什么会出现在爸爸的笔记本里？我满脑遐想。想着想着，我忽然觉得自己的心跳加快了，感觉这应该是爸爸的一个小秘密。

爸爸竟然珍藏着别的姑娘的照片，这是什么意思？难道爸爸在和妈妈结婚之前曾经谈过对象？这个姑娘是谁？妈妈知道这个人吗？我要不要告诉妈妈？妈妈知道了会不会和爸爸吵架？

我手里拿着照片，就像拿着一直想吃的刚刚出锅的煮地瓜，感到烫手却又不肯放下。我第一次感到自己长大了！一张照片，竟然就让我想出了这么多问题。爱提问的孩子最会学习，郎清老师曾经说过的。可是，现在的这些问题能找谁告诉我答案呢？即便是郎清老师知道答案，我也是嘴上贴膏药——开不得口啊！

我的心"扑通扑通"地跳着，一边默念12356，一边把书一本一本地放进了箱子里。唯独那个小本子和那张照片，我不知道应该怎么处理。

我还没有把箱子整理好呢，妈妈就回来了。

"看看，你奶奶给的地瓜干。"妈妈把抱在怀里的贵玥放在炕上，说。

我看着妈妈，心里还在想照片上的姑娘呢，一时竟不知道怎样接话。

"你看你爸的书了，能看懂吗？"妈妈看着炕上的小箱子，说。

"看不懂。"我说，我看着还捏在手里的小本子，觉得就像拿着一块掉进灰堆里的年糕——吹又吹不得拍又拍不得。

"姐姐，这是什么？"贵玥看见了我手里的小本子，走过来一把就拿了过去并立即翻看着，眼睁睁地，我看见那张照片又忽忽悠悠地飘落在炕上。

"妈妈，这是什么？"贵玥捡起照片，拿给妈妈看。

妈妈接过照片一看，顿时脸色大变。但是，她没有说话，只是马上把小本子从贵玥手里拿过来，把照片重新放在里面，然后把本子放进箱子里，说："这都是你爸爸年轻时的东西，你爸爸没舍得扔，应该都还有用，给他好好放着吧。"

贵玥噘着小嘴，眨巴着黑葡萄一般的大眼睛看着妈妈。妈妈把箱子的锁扣摁好，然后就到厨房做饭去了。

妈妈看到照片时的脸色变化，我是看得非常清楚的。我觉得，这个照片上的姑娘一定与爸爸有什么瓜葛，而且，可能妈妈也认识这个姑娘。

思来想去，我决定去找奶奶问个究竟。奶奶听罢一脸平静，直接告诉我说："你爸爸在村里担任团委书记的时候，确实是被一个姑娘看上了。"

"那姑娘长得那么好看，怎么没同意呢？"我问。

"她长得倒是挺好看，但是我不喜欢她的脾气，整天咋咋呼呼的，所以就把他们拆散了。"奶奶说。

"把他们拆散了，我爸爸能愿意吗？"我追问道。

"不愿意又能怎么着？你爸爸听我的话，可孝顺呢。"奶奶自豪地说。

我明白了，那张照片上的人应该就是那个姑娘。

不知道为什么，从奶奶家出来后，我心里感到怪怪的，我很想知道那个漂亮的姑娘现在去哪儿了。

22 三大爷去世了

——送别仪式是传统文化的重要载体，也能强化对生命尊严的认知

我的疑问还没有解决，寒假就来到了。

我和贵珑的期末考试都获得了所在年级第一，我俩都把"三好学生"奖状展示给妈妈看。贵玥眼巴巴地看着奖状，一脸羡慕的模样。妈妈立即停下手里的活儿，笑容满面地拿出用白面熬制的浆糊，让我和贵珑各自把奖状粘贴在炕前的墙上，然后继续缝制我们过年的新衣裳。

妈妈给我买了一块带着银线的淡紫色暗花布料。"虽然这块布料看起来有点鲜艳，但是给你做成西服就不俗气了。"一个月前，妈妈对我说。

当时，我把布料披在身上转了几圈，连连说："我喜欢！我喜欢！"

妈妈心灵手巧。她对照着服装裁剪书研究了半天，用尺子给我前前后后量了量，把数据一一记在本子上，又按照数据在布料上用粉笔画好线并开始裁剪。在妈妈手持剪刀飞舞了半天以后，原先的布料就变成了形状不一的布片。裁剪完毕，妈妈又开始踩着缝纫机拼接布片。

写作业的间隙，一听到隔壁房间里妈妈踩缝纫机发出的声音我就展开想象：过年时，我穿上淡紫色的花布西装一定非常漂亮。

寒假到来时，妈妈就把西服做好了。我试穿了好几次，既合身又

好看。妈妈还把西服进行了熨烫。那天中午烧火煮完地瓜后,妈妈拿出一个神秘家伙:一根木棍,一头有把手,另一头安装着一个三角形的厚厚的铁块。

"妈妈,这是什么?我从来没有见过。"贵珑好奇地反复瞧着。

"手巧不如家什妙。这叫烙铁,是用来熨衣服的。"妈妈说着,把烙铁带铁块的一头埋进锅底灰里。然后把西服平摊在桌板上,把一块白色的布头浸湿后再拧干,放在衣服缝儿的上面。准备就绪后,妈妈立即拿出烙铁麻利地把它放在湿布上,开始前后、左右快速地进行熨烫。随着一阵"嘶嘶"声,湿布顿时散发出一缕缕热气。妈妈忙活了一阵子之后,挂在墙上的西服就更加平整了,只等大年初一早上我好穿在身上。

妈妈给贵珑和贵玥也做了新衣裳。说是新衣裳其实并不恰当,因为贵玥的小褂儿是用我的褂子改制成的。妈妈把我小时候穿过的褂子洗干净、裁剪后重新缝制并做成娃娃领,还用剩余的布料做了一个蝴蝶结。

妈妈忙碌的时候,我也自觉地吆喝着贵珑一起按照妈妈的教导打扫房屋卫生,并把橱柜里的所有碗筷拿出来一一洗刷干净。

腊月二十的晚上,刚刚吃完饭,正要收拾碗筷时外面有人敲门。

家里早早关门已经成为习惯。妈妈拿着手电筒去打开大门的铁栓。那人并没有进门,只是小声地说着什么。

"哦,知道了。"隔着窗,我听见妈妈说话,然后是关大门的声音。

"你三大爷去世了!过年关,过年关,真不是谁都能过去这个年关啊!"回到屋里,妈妈满脸悲伤地说。

我和贵珑默默地看着妈妈,都不说话。我脑海里又浮现出妈妈从三大娘那里听说的那个诸葛亮和周瑜对诗斗嘴儿的故事，还有三大爷那英俊温和的面容。好好的一个人怎么说去世就去世了呢？

"其实你三大爷是个病人，他这里有点儿问题。"妈妈指了指脑袋，说："都是被坏人害得。不怕明处枪和棍，只怕阴阳两面刀。你三大爷很善良，大学毕业后只知道埋头工作，被一些擅长搞阴谋诡计的人迫害致病了。"妈妈说完，连连叹气。

第二天一早，妈妈就急匆匆到我三大爷家去了，回来后眼睛红红的。妈妈说："你三大爷是昨天早上离开家的，中午没回来。你三大娘和你几个哥哥到处寻找，直到天很黑了才在东边村里的小河里找到。大冬天的，躺在河里的冰上那得多受罪啊！"说完，妈妈的眼圈又红了。

我感到很难过，但不知道应该做些什么。

"贵玲，贵珑，你们俩现在就去看看你三大爷吧，待会儿就要去火葬场火化了。"妈妈说。

我和贵珑立即一路小跑来到三大爷家。屋里已经聚满了人，大家都泪流满面。透过站在炕前的大人们之间的缝隙，我看见三大爷已经穿戴整齐、头朝东脚朝西躺在炕上，脸上盖着一张黄色的烧纸。

我的心忽然"扑通扑通"地跳个不停，这是我第一次近距离地看到一个去世的人。虽然我对三大爷并不熟悉，也没有和他说过几句话，但是一想到堂哥们再也没有爸爸了，我的眼泪就禁不住流下来，但我没有放声大哭。我不会号啕大哭，即便是受了天大的委屈我也只会啜泣。

很快，有人吆喝大家离开。可能三大爷就要被送到火葬场去火化吧，我想。我拉着贵珑默默地退出里屋，直接一路小跑回到家里。

"你们看着你三大爷了吗？是不是拉着去火化了？"妈妈问。

"嗯嗯。"我点点头。

"明天你和贵珑都去送送你三大爷。因为你既是五服内的晚辈又是闺女，所以明天出殡的时候你得披麻戴孝。"妈妈对我说。

"什么是披麻戴孝？"贵珑问妈妈："我用不用披麻戴孝？"

妈妈说："你是男孩，简单一点就行。你们俩去了以后一定要听从大人安排。尤其是你，贵珑，不要再东奔西窜，出殡是件很严肃的事。"

"嗯嗯。"我和贵珑都严肃地点头。第一次看见妈妈这么严肃地说话，我们知道明天要参加的这个活动一定是要遵守规矩的。

第二天，我在家提前吃了午饭，听从妈妈的嘱咐，在花棉袄外面套了一件蓝色的外衣，那是妈妈的。出殡不能穿得花花绿绿，那样对去世的人不尊重，妈妈说。

我和贵珑又是一路小跑来到三大爷家。门口已经聚集了一些前来吊唁的人，他们手里都拿着一些烧纸。门前摆着一张桌子，有人趴在桌子上在一摞纸上登记名字。

只要吊唁的人一进门，堂屋里就响起哭声。我看见堂屋的饭桌上摆着一个骨灰盒，两边都放着一摞浅黄色的烧纸。一盏油灯闪动着微黄色的火苗，整个氛围非常肃穆凝重。

前来吊唁的人来到堂前，或者磕头，或者鞠躬，然后就到院子里已经摆好的凳子上坐下，有人马上端茶送水。

在一个奶奶的指引下，我和贵珑在骨灰盒前磕了仨头，那奶奶又拿了两根"裹头布子"，分别给我和贵珑戴在头上，然后就让我俩坐在一边的马扎上守灵。我和贵珑都不出声，默默地看着悲伤的堂哥把一张张烧纸用油灯的火苗点燃，然后放在桌前的那个黑色的瓦盆里，烧纸很快就化为灰烬，过了一会儿，堂哥就再用烧纸把纸灰包起来，放在骨灰盒的旁边。

中午时分，有人分头领着前来吊唁的人去待客家吃午饭。那个奶奶叫我和贵珑也跟着去，我和她说在家已经吃完饭了，依然陪着堂哥坐在堂前。贵珑也学着堂哥的样子，借着油灯的火苗点燃一张烧纸放在瓦盆里，看它慢慢化为灰烬。

坐了一会儿，那个奶奶又叫我来到里屋，把一块形状像妈妈给贵玥做的斗篷一样的白色布料披在我身上，然后把一根麻绳拴在我腰间，说："待会儿出殡的时候你就这样穿。"我点点头，然后继续坐在一边静静等待着。

吊唁的人们在待客家吃完饭，陆陆续续回到院子里，一些帮忙的人都来来回回穿梭着、准备着。直到一直在负责指挥的那个人满脸严肃地说："时辰到了，起灵吧！"

老奶奶立即对着屋里的人说："马上就要出殡了，女家眷都跟在男人们的后面走，等到十字路口摔了老盆，女的都从另一条路回来。"

听那个奶奶这么说，我心里竟然感到有些慌了，我开始担心自己有可能会做错什么，因为我不知道另一条路指的是哪一条路。我正不知如何是好，忽然看见靠在门口的一个远嫁的堂姐。我悄悄地挪到堂姐身边，小声地问："姐，你知道从哪条路回来吗？"

堂姐悄声说："待会儿你跟着我就行了。"我点点头，感觉自己一颗悬着的心立即放下了。

时辰已到，出殡开始。世上万般哀苦事，无非生离与死别。在大家凄凉的哀号声中，大堂哥抱着骨灰盒走在最前面，堂哥们鱼贯而出，一人手里拿着一根哀杖，一边走一边哭。在熙熙攘攘前来看热闹的村民们的簇拥下，出殡的队伍走走停停，直到走到十字路口时传来"砰"的一声。

堂姐说："摔老盆了，咱们女的不用跟着上岭。"坟地在岭上，我知道。

我跟着堂姐一行，从另外一条路回到三大爷家。门口放着一个盛着清水的瓷盆，水里散落着一些硬币、大枣、栗子等。看见堂姐用水抹了抹眼睛，然后拿了一个栗子，我也一一照做。随后我们来到屋里，取下白色的斗篷，然后各自回家了。

过了很久，跟着上岭的贵珑冻得哆哆嗦嗦地回来了。妈妈赶紧熬了姜汤给他喝。贵珑喝着姜汤，突发奇想，他说："我的那根哀杖有两个叉，如果当时不扔，可以拿回来做个弹弓。"

23 你吃到钱了吗

——团圆饭具有趣味和寓意，还能增强家人之间的凝聚力

奶奶说，难过的日子好过的年。

无论年货置办得是否齐备，除夕一到，就预示着新的一年的到来，家家户户都开始忙碌起来。爸爸已经从外地回来，每到除夕他就成了家里的劳动主力。爸爸先用笤帚清扫了大门、堂屋门和各个房间的门，然后用糨糊把各扇门上都贴上对联。贵珑跟在爸爸身后，俨然一个小助手。他一会儿拿笤帚，一会儿递浆糊，忙得不亦乐乎。

我和妈妈还有贵玥坐在炕上，我负责清扫窗户，撕掉已经发黄破旧的窗纸。妈妈张贴白色的新窗纸和红色的窗花。贵玥只是凑过来看着。

收拾好窗户，我又来到院子里。爸爸已经把所有的门上都贴上了对联。我看着院子大门上的对联，不由得念出声来："春满乾坤福满楼，天增岁月人增寿。横批：四季长安！"

我刚念完，爸爸说："顺序错了，这个得从左往右念。"

爸爸看看我，又看看贵珑，说："怎么区分是上联还是下联呢？首先要看仄平。你不是学过汉语拼音了吗？拼音中的一声二声为平声，三声四声为仄声。大部分对联的最后一个字都是一仄一平，仄声为上联，

平声为下联。"

爸爸指着对联，接着说："比如这个'天增岁月人增寿，春满乾坤福满楼'，'寿'是四声为仄声，是上联；'楼'是二声为平声，是下联。这下明白了吧？"

我不好意思地吐了一下舌头，贵珑看我出丑忍不住哈哈大笑。

"当然，有些对联的最后一个字都是平声或者都是仄声，这样的应该怎么区分是上联还是下联？你们俩研究研究看看能弄明白不。"爸爸说。

我和贵珑对视了一眼，都使劲儿点点头。

我跑到堂屋的门前，又念道："喜居宝地千年旺，福照家门万事兴。横批：喜迎新春！"

"这一次顺序没错。"贵珑说，就好像他比我还懂似的。

经过一家人齐心协力忙碌一番之后，屋里屋外都焕然一新了。

中午，妈妈按照惯例做隔年饭：先把大米和小米混在一起淘洗一番，放在锅里煮到半生不熟的时候盛出满满的一碗，上面插上一棵绿色的菠菜，摆在堂屋的桌子上，然后继续把其余的米煮熟当午饭。爸爸则把水缸灌满，备好做年夜饭时用的柴火。今年的专用柴火仍然是豆秸和芝麻秸，这是妈妈早就留存好的。

"为什么晚上要用豆秸和芝麻秸烧火？院子里不是有干树枝吗？"贵珑不解地问爸爸。

"这是老一辈传下来的习惯。你老爷爷早就说过：做年夜饭的时候，烧豆秸，出秀才；烧芝麻秸，当大官。你好好学习，将来考上大学当大官，你出人头地，我也跟着沾光！"爸爸看看贵珑说。爸爸最宠爱贵珑。他只要回家，总是给贵珑带好玩的，比如陀螺。爸爸重男轻女，我心知肚明。

妈妈烧开一大锅水，分别给我、贵珑和贵玥洗了头发，然后让我们各自洗脚丫。我快速洗完后又给贵玥洗，贵珑则自顾自在盆子里磨蹭着。

"贵珑，你是准备把脚丫洗一洗然后自己啃吗？"我说。

"嘿嘿……"贵珑并没有解释什么，只是看着盆子里越来越黑的水不好意思地笑着。贵珑胖胖的脚丫一个冬天没有沾水了。

妈妈洗了头发后就马上择菜、和面、剁馅。爸爸则拿着鞭炮、烧纸等和叔叔一起到岭上给祖先上坟，贵珑也跟着去了。上完坟回家后，爸爸开始摆供台，把五个碗四个盘分成两排：碗里摆着烧肉、黄花鱼、鸡蛋等，盘里放着糖块、苹果、点心和花生。供品摆好后，过节准备工作基本就绪，爸爸又到大门口放好拦门棍，据说能防止邪魔鬼祟进入家门。

夜幕降临，烛光摇曳，堂屋里只留下爸爸一个人在忙活。妈妈带着我们坐在炕上，静静地擀面皮、包水饺。妈妈事先已经洗好了一些硬币，一分的、两分的、五分的，包水饺的时候，偶尔放一个硬币在水饺里面。我听说过，谁要是吃到包着钱的水饺就预示着谁一年发大财。我默默祈祷包着钱的水饺能被爸爸吃到。

水饺包完了，爸爸也把菜炒好了。妈妈收拾好用具后把饭桌摆在炕上，爸爸端菜上桌，有芫荽、豆腐、烧肉、煎鱼等，香气扑鼻。一年里最丰盛的一顿饭即将开吃。

爸爸上炕、倒酒。以前爸爸每一次回家都要喝酒，他喝酒的时候，妈妈和我们坐在一边等着。等他喝完酒说"吃饭吧"，妈妈才把饭端上来。

只有过年时，大家才能一起品尝菜肴。

吃到夜里将近十二点时，爸爸会立即下炕去煮饺子。这个时候，妈妈会很紧张地示意我们千万别多说话。其实之前她就已经嘱咐好几遍了，吃水饺时不能说"破了""烂了""坏了"等之类的话，否则，可能会晦气一年。

堂屋里发出"噼噼啪啪"的声响，那是豆秸和芝麻秸燃烧的声音。妈妈怀抱着已经熟睡的贵玥坐在炕上，一声不响。我和贵珑吃饱后只想睡觉，但因为还想着包着钱的饺子和压岁钱，所以都强打精神努力大睁着双眼。

爸爸把热气腾腾的饺子端上桌，然后又到院子里放鞭炮，等鞭炮声结束，一家人开始默默地吃水饺。

"你吃到钱了吗？"贵珑连吃了两个水饺之后，没发现里面有钱，就忍不住问我。

妈妈赶紧小声说："福旺财旺运气旺，马上就吃到钱了！"

贵珑不再说话，继续闷头吃水饺。

我发现自己碗里的一个水饺有点大，轻咬一下感觉硌牙。我大喜，趁爸爸到厨房去的空儿，一下子就把水饺扔进了爸爸的碗里。妈妈看了看我，没说话，只抿嘴笑了。我继续吃，意外的是又感到硌牙，我看看正闭着眼睛吃水饺的贵珑，就把水饺夹到了他的碗里。

贵珑实在是太困了，不知道我夹给他一个水饺，他闭着眼睛一咬，惊喜万分道："哈哈，我吃到钱啦！"然后心满意足地放下筷子。等拿到爸爸给的两元压岁钱，贵珑就迫不及待地倒下呼呼大睡。

天刚蒙蒙亮，妈妈就叫我和贵珑赶紧起床。根据以往的惯例，我们这个家族的拜年大军即将登门。

我洗完脸，正要穿崭新的西装，妈妈说："你三大爷没有闺女，你就给他戴孝一年吧，新衣服就别穿了。"

我看着熨烫得整洁的淡紫色小西装，心里实在想穿，但又想到三大爷这么早就去世确实挺遗憾，就说："要不，我穿着新衣服，外面再罩一件蓝色的外衣吧。"妈妈点头答应了。

这时候，拜年的队伍已经浩浩荡荡涌进家门，男孩磕头、女孩问好，一个个轮番上阵，场面好不热闹。队伍出门的时候，我和贵珑也加入其中，跟着家族的哥哥姐姐们去给长辈们拜年。

兜兜转转之后，拜年队伍来到我爷爷奶奶家。爷爷在家族同辈中排行第八，是最小的一个。一般情况下，队伍走到这里出门后就各自分散了。

大家一起出门的时候，奶奶叫住了我，说："你妈妈不是给你做了新衣裳嘛，你怎么没穿？"

我说："我给三大爷戴孝呢！"我掀开外面的罩衣，说："奶奶你看，新衣服穿在里面！"

奶奶说："我孙女儿长心眼儿了！回去和你妈妈说，去世的不是亲大爷，过年穿件新衣服不妨碍什么。"说着，奶奶就帮我把外面的罩衣脱了下来。告别奶奶后我立即往家奔去，我要告诉妈妈，是奶奶允许我穿新衣服的。

正月初一这天要年。大人们聚在一起嗑瓜子聊天，小孩们就三五成群玩游戏。只要听见大街上锣鼓喧天，就知道有高跷队来村里表演，大家都不约而同地走出家门来到大街上观看。村里到处洋溢着欢乐祥和的节日氛围。

对我来说，这个正月还有一个很大的收获。那天，我带着贵珑和贵玥正在大街上和一群小伙伴玩"荞麦秸吃白菜，摸摸南墙再回来"的游戏。我站在那里，刚刚喊着"荞麦秸吃白菜"，忽然看见一个女人晃晃悠悠地迎面走来。我觉得这女人的模样似乎曾经在哪里见过，马上想起了爸爸小箱子里的那张照片。没错儿！就是这个女人。她的模样基本没变，大大的眼睛、高高的鼻梁、白白的皮肤，就是身材略微有点胖。这女人头发蜷曲，穿着一件我曾经在商场里见过的价格很贵的毛呢大衣，走路一摇一摆的，就像电影里有钱人家的阔太太。

我忘记了玩游戏。看来这个女人嫁得不错。不知道为什么，我感到有点失落。这个女人穿的衣服好看，不像妈妈一年四季的衣服都是蓝色、黑色的。我觉得自己应该加倍努力学习，将来挣钱给妈妈买很多很多漂亮的衣服，首先给妈妈买一件漂亮的毛呢大衣。

24 紫色绣花毛衣
——接受优秀传统文化的熏陶，有利于培养专注做事、追求美好的品质

白杨树的花儿几乎掉干净了，嫩嫩的小芽儿竞相萌发。村里的公鸡就像展开了比赛似的，每天一早就放声歌唱。又是一个春天。

我感觉穿在身上的棉袄越来越沉重了，但是还不敢立即脱掉，因为早晨和夜晚还比较冷，每天晚上妈妈仍然要烧火暖炕。

远在东北的姥姥寄来一袋子羊毛。妈妈仔细洗刷、慢慢捶打，耐心地把羊毛用粗树枝做成的线棰子搓捻成粗细大体一致的毛线绳子，然后一针针编织成我爸爸能穿的羊毛裤。

看着妈妈一刻不停地忙活着，我也想做个像妈妈一样心灵手巧的人，也要学会织毛裤。我甚至用菜刀把筷子的两头削尖、放在石头上打磨光滑变成编织针，然后用妈妈给的小线团练习编织。

一个周六的夜晚，妈妈忽然告诉我："听你王婶儿说东河崖有一个卖毛衣的，三五块钱一件。明天你跟着红霞去看看，给自己买一件毛衣吧。"

"毛衣？就是你给爸爸织毛裤那样的毛线衣服？"我觉得妈妈给爸爸织毛裤用的那些线的颜色确实不好看。

"当然不是了。"妈妈说。

那会是什么样的衣服呢？我脑海里的毛衣是五花八门、奇形怪状的。

"我穿毛衣好看吗？"睡前，我忍不住问妈妈。

妈妈笑了，说："我闺女长得好，穿什么都好看！"

我美滋滋地翻身睡觉，一夜无梦。

第二天一早红霞就来敲门。我睡眼惺忪地爬出被窝，胡乱吃了几口地瓜干，拿着妈妈给的五块钱就跟着红霞奔向东河崖。

一路上，红霞只管走路但不说话，似乎心事重重。我也不知道应该跟她说什么，只是跟在她的身后，一刻不停地往前走。

走着走着，红霞忽然停下脚步，似乎想起了什么似的，眼睛紧盯着我，说："你学校里有一个叫孙大壮的老师，是吧？"

"是啊！教体育的。"我点点头，不假思索地说。

红霞又不说话了，继续向前走，我继续紧紧地跟在她身后。

"他这个人怎么样啊？"过了一会儿，红霞回过头来问道。

我说："他经常说笑话逗大家，同学们都很喜欢他。"

"哦。"红霞好像对这个话题很感兴趣，又说："他是我同学。你喜欢他吗？"

"喜欢啊！"我一听孙大壮和红霞是同学，立即感觉跟孙老师的距离拉近了，又想起高年级有个大龄女生给孙老师写信的事儿，就说："学校里还有人给他写情书呢！"

"什么情书？"红霞立即停下脚步，满脸严肃地盯着我。

我被红霞突如其来的严肃神情吓了一跳，不知道她为什么忽然这个样子。我说："其实就是一张小纸条，上面写着'孙老师我喜欢你'什么的，被班主任没收了。班主任当着全班同学的面批评了她。她的同学到处传播，然后我们就知道了。"

"哦。"红霞又继续往前走，一边走一边说："以后再有这种事儿你就告诉我。"

"告诉你？"我感到莫名其妙，不知道红霞的葫芦里藏着什么药，只感觉她今天说的话都不怎么着调。

东河崖不是很远，我俩说着话很快就到了。红霞问了路人，打听到卖毛衣的人家，然后就直接去敲门。

我觉得有点奇怪，村里这么多人家，怎么一打听就知道谁卖毛衣呢？不过又一想：卖毛衣的人应该算是村里的能人，外村的人都知道了，本村的人会不知道吗？

卖毛衣的是一个胖乎乎的女人。她热情地把我俩引进里屋。我立刻张大了嘴巴：整个房间里只有一张木头床，床上全是各种颜色的衣服。

"毛衣都在这里，价格不一样，你们随便挑选。"那个女人热情地招呼着，同时把一块地瓜干放在嘴里嚼着。

第一次看到这么多被称为"毛衣"的花花绿绿的家伙，我眼花缭乱了，左瞧瞧，右看看，无从下手的感觉。

红霞很快就选中了一件红色的，她披在身上反复比画了半天，又脱下棉袄穿上毛衣试了试，十分肯定地说："我要这件。"

我看红霞穿在身上的毛衣很好看，就说："我也要件这样的。"然后就拿起一件红色的毛衣披在身上比画着。

卖毛衣的女人使劲儿咽下一口地瓜干，说："你俩真是两个棒槌敲一面锣——响（想）到一块了，都要红色的，是吧？"

红霞皱紧眉头，说："咱俩别选一样的！都穿一样的多尴尬，你再挑一件别的颜色的吧。"

我并没有发现红霞的不愉快，依然比画着毛衣，说："我看你穿着挺好看的，我的皮肤和你差不多，穿红色应该也好看。"

红霞没好气地大声说："我可能要穿着红毛衣嫁人呢！你才多大呀，干吗非要穿红色的！"

听红霞这么说，我一下子就愣住了。我疑惑地看着红霞，心里嘀咕道：年龄小就不能穿红色的吗？这是什么道理呢？可是，我不想和红霞争辩什么，于是就在心里默念12356。

红霞拿着那件红色的毛衣，问："这件多少钱？"

女人说："你真有眼光，红色的是所有毛衣里面质量最好的，也是最贵的，五块钱一件。"

"哦，好的。"红霞毫不犹豫地掏出钱来，递给了那个女人。

我看红霞掏钱的样子很潇洒，心里有点羡慕，但羡慕的感觉瞬间就消失了，我觉得自己穿一件五块钱的毛衣有点浪费。"太贵"两个字，一下子就把红霞不让我买红色毛衣的遗憾带走了。

我看了看其他颜色的毛衣，深蓝的、黑的、土黄的……就是没有自己喜欢的白色的和绿色的。最后，我在一堆毛衣中选了一件深紫色的套头毛衣，我脱下棉袄试了试，大小合适，关键还便宜。

和红霞一起回家的时候，我心里可高兴了。我觉得自己不但买到了毛衣，而且还节省了两块钱。我一路上蹦蹦跳跳的，弄得红霞直翻白眼。

回到家里，我迫不及待地脱下棉衣，穿上新毛衣给妈妈看，但我没有告诉妈妈红霞不让我买红毛衣的事。妈妈笑意盈盈地看着我，说："毛衣的颜色挺适合你的，就是有点简单，要是在毛衣上绣一朵花就更好看了。"

"好呀好呀！"我说。可是，我忽然想到妈妈平时实在是太辛苦了，又赶紧说："有毛衣穿就很好了，不用绣花了，怪麻烦的！"

妈妈说："云里千条路，云外路千条。我教你，你自己绣花更有意思！"

我曾经看到妈妈给姥姥做的鞋上绣了很多花，各种颜色的花围绕着整个鞋帮，非常漂亮。

"我？能行吗？"我看着妈妈，表示怀疑，"我缝过沙包、缝过短裤，那都是照葫芦画瓢，从来没有绣过花啊！"

妈妈说："绣花很简单。等货郎来了换点彩线，我一教你就会。"

于是，我盼望着货郎早点出现。

心想事成。第三天，我们正在吃午饭，"拨浪铛……拨浪铛……拨浪拨浪拨浪铛……"拨浪鼓声伴随着"拿头发换针线来！"的叫声，货郎来了。

一家人全体出动。妈妈拿着废油纸、剪下来的头发等，然后添了一点钱，开始挑选五颜六色的线。贵珑不管那货郎愿不愿意，拿过那拨浪鼓"拨浪铛……拨浪铛"地直摇晃。

晚饭后，我开始学习绣花。妈妈先是拿出五彩线，又找出一些小布片，在一块白色的布片上，用划粉画出一朵带叶的牡丹花，然后开始在画着线条的布片上飞针走线，一边绣一边告诉我针脚的穿法。我认真地看着，不一会儿，一片绿色的叶子就在妈妈手里的布片上出现了。

"哇，真是神奇！"陪坐在一边的贵玥好像看懂了的样子，一边玩布片一边说，没想到她竟然还会说"神奇"这两个字。

"看明白了吗？"妈妈问我，然后找出一块稍大一点的白色布片，说："你想在毛衣上绣什么花呢？"

我想了想，说："我喜欢梅花，可是我在书上看过，梅花的花朵太小了，应该不好绣。"

妈妈说："梅花确实有点小，绣梅花对你来说有点难度，绣一朵比较大的花会容易些。你绣朵牡丹花吧，花开富贵。"妈妈给我看了看手里的布片，又说："就像我这样，先画下来，然后再选择用什么颜色的线，记住：绿色的叶子，黄色的花心，大红和粉红的花瓣。"

"好的。"我模仿妈妈的样子，先画出一朵盛开的牡丹花，然后开始穿针引线。我的模仿能力很强，晚睡前，一个绿叶已经绣好了。妈妈看了看，眉开眼笑，说："真不错！等你在布片上绣完这一朵牡丹花，你就可以直接在毛衣上绣了。"

我心满意足地睡觉了。我做了一个梦，梦见自己穿着那件紫色的毛衣来到了一片牡丹花海，毛衣上的牡丹花就像真的一样，非常漂亮。

那段时间，回家写完作业后，我就在自己的毛衣上一针一针地绣花。有时候针脚歪了，我就拆了重绣，拆和绣都不厌其烦。

终于，在清明节这一天，我脱下棉袄，穿上了绣着牡丹花的毛衣，准备跟随打扮得花枝招展的同伴一起去村外看人家荡秋千。

看我打扮好了，妈妈眉开眼笑，说："都说花绸子绣牡丹是锦上添花，你这毛衣上绣了牡丹，不亚于锦上添花呢！"

春风拂面，笑声飞扬，飘扬着红色绸缎的秋千上，一个个女孩就像展翅欲飞的小燕子荡来荡去。我的紫色毛衣和毛衣上粉红相间的牡丹花都惹得同伴满脸的艳羡，尤其是同样换上了大红色毛衣的红霞，当她看到我胸前的牡丹花时，顿时就红了眼。

25 你是谁家的孩子
——胸怀有多么宽广，世界就有多么美好

阳春三月，村里到处是桃红柳绿，一片生机勃勃。

和往年一样，学校组织开展"学雷锋、树新风、创三好"和"五讲四美三热爱"活动，校长说这些活动能使每一个少年儿童的思想觉悟有新的提高。作为班长，我当然积极参与其中，星期天主动去学校看护校园、和芙蓉抬水浇灌教室前面栽种的花草，等等，都是发自内心的行动。

另外，我还发现了一个可以持续做下去的事情：去村里的"五保户"赵爷爷家打扫卫生。赵爷爷就住在离我家不远的地方，赵奶奶瘫痪在炕上已经好多年了，无儿无女的赵爷爷养着两只小羊，院子里到处都是羊粪。

第一次去赵爷爷家的时候，我和芙蓉一人拿着一把笤帚，弯着腰，把整个院子全都仔细清扫了一遍，把羊粪堆成堆后，再用铁锨端到猪圈里。别看我和芙蓉干得很卖力，但并没有受到赵爷爷的欢迎，他一直阴沉着脸，似乎很不情愿。所以，打扫完毕，芙蓉就拉着我赶紧离开那里。

一走出赵爷爷家门，芙蓉就说："你看，鸡抱鸭子干忙活！人家根本就不愿意咱来干活儿，以后在学校里做点好事就行了。我娘说过，这个老头儿年轻时蜜罐子嘴，秤钩子心，坏得很呢！"

我知道芙蓉纯粹是为了陪我才来做好事的,又碰到赵爷爷这个很不友好的态度,芙蓉发发牢骚也是可以理解的。

我说:"他原来可能不是好人,也可能做过很多坏事,但是他现在年纪大了,又没有孩子,更需要咱们关心他,帮助他改过自新。郎清老师不是经常说坏人更需要帮助嘛!"

芙蓉撇撇嘴,说:"你怎么也变成'常有理'了?改过自新这个词好像是郎老师经常说班里那些调皮捣蛋的男生的,你用在一个老人身上合适吗?"

"哈哈",我大笑,说:"改过自新还分年龄吗?要不咱回去查查词典,看看需要改过自新的都是什么人。"

一个"改过自新",就让我俩把刚才做好事却遭遇冷漠的不愉快抛到了九霄云外。后来,芙蓉说她不愿意帮助一个坏人,她就再也没到赵爷爷家去打扫卫生了。我每隔两三天去一次,清扫完院子就立即离开,并一直坚持着。

有一次,我又去打扫院子,正埋头干着,赵爷爷忽然问道:"你是谁家的孩子啊?"语气似乎友好了很多。

"我爸爸叫欧阳明德。"我说。

"哦,明德家的啊!"赵爷爷说完就立即陷入了沉思。我不知道他陷入沉思的原因,也不多问,赶紧把院子清扫一遍就回家了。

不知不觉一个月过去了,我去给赵爷爷家扫院子已经成了习惯。这天,我又麻利地清扫之后准备离开,赵爷爷忽然拿着两个马扎颤巍巍地走出来,说:"来,坐下,咱爷俩儿说说话。"

我简直不相信自己的耳朵，这是这么长时间以来赵爷爷和我说的最多的一次话。我受宠若惊地坐在马扎上，轻轻擦了擦额头上的汗水，默默地看着，不知道赵爷爷要对我说些什么。

赵爷爷说："开始的时候，你来给我扫院子这事儿，我以为就是那胡子上的饭、牙缝儿里的肉——多不了，没想到你一扫就是一个多月。我又以为是学校派你来的，去问了问学校的老师，老师说不是。那天碰到你娘，我又和她说了这件事，她说她也不知道。"

我笑而不语。

赵爷爷看了看我，猛吸一口烟，继续说："其实我很对不住你爸爸！你爸爸年轻的时候担任村里的团支部书记，好多次申请入党，我都是极力反对，他想当兵也没去成。后来他到外地工作，单位领导想提拔他当经理，因为他不是党员也没当成。当时我为什么反对呢？因为你娘家庭成分不好。现在我想明白了，划成分那会儿你娘也就两三岁，她生在什么人家儿就是什么出身，她能自己做主吗？我听说有人到你姥爷家抄家时，把你姥姥手上的银镯子都抢去了，想想真是可怜。"

赵爷爷叹了口气，全然忽略我满脸的惊讶，继续说："当年我一心想表现自己，没想到我的做法把你爸爸的前程给毁了，要不是我多次反对他入党，说不定他现在就是经理了。我万万没想到，你父母不计前嫌、宽宏大量，允许孩子一直来帮助我打扫院子……"赵爷爷说着竟然抹起了眼泪。

看赵爷爷哭了，我不知所措。赵爷爷所说的一切，我从来没有听说过。我也不知道应该说些什么，只好起身告别，一头雾水地回家了。

回家后，我立即把赵爷爷的话说给妈妈听了。妈妈听我说完，一丝苦笑掠过嘴角，说："他说的有些事情我是知道的，这么多年来我也一直觉得愧对你爸爸，是我连累了他。但是，过去的就让它过去吧，你爸爸最终没能入党提干，只能说他还不够优秀。现在社会不同以往了，只要你好好学习不断长本事，等你足够优秀了，有能力干事儿创业的时候，谁的坏话也阻拦不了你的发展。"

妈妈说得很严肃，我听得很认真。我忍不住问："赵爷爷说有人到我姥爷家抄家的时候，把我姥姥手上的银镯子都抢去了，这是真的吗？"

妈妈看看我，沉思了一下，说："你还记得你和贵珑练习毛笔字的那块砚台吗？你不是问过我那块砚台为什么缺了一个角吗？"

没等我回答，妈妈继续说，就像在讲述别人的故事："那块砚台，是你姥爷走南闯北给人看病时随身携带的，因为开药方要写毛笔字。在南方的时候，他给一个有钱人看好了病，人家表示感谢就给了他一大笔钱。你姥爷拿着钱回到老家后就买地、盖房子、开药铺、办私塾……后来，你姥爷被还乡团抓走，一些人去抄家，你姥姥就把这块砚台埋在了院子里。再后来你姥爷去世，房子也被别人占去。但是，占了房子的人说晚上经常听到鬼哭狼嚎，不敢住在那里就搬走了。你姥姥知道后，就在晚上悄悄地回到院子里挖出了那块砚台。因为慌里慌张，用镢头刨土时把砚台一个角碰掉了。当时我只有两三岁，这些都是后来听你姥姥说的。你姥姥还说，那块砚台是你姥爷最心爱的东西，当时院子里正好有一个准备栽花的坑儿，是她反应快在抄家的人到来前及时把砚台埋了起来……你姥姥去东北的时候，把家里的盆盆罐罐都留给了我，那块砚台就在一个罐子里藏着。"

我明白了，怪不得妈妈说那块砚台是传家宝呢！那块砚台，既是姥爷勤奋好学的记载，也是姥爷走南闯北治病救人的证明。妈妈脑海里没有姥爷的记忆，有的只是传说。而那块砚台，是她关于姥爷的唯一念想。

我不再问妈妈把砚台放在哪里了，而是暗自下决心一定把妈妈的话牢牢地记在心上：好好学习，让自己不断长本事。

六一儿童节前夕，因为我坚持助人为乐而且学习成绩优秀，被选为学校少先队大队长，我成为村里唯一一个戴着三道杠的女孩子。

六一儿童节那天，用芙蓉的话说是一个"风风光光"的日子，我不但作为大会司仪主持节目，而且还接受了学区校长亲自颁发的大奖——"县级三好学生"。

学区校长把证书递给我的时候，说："欧阳修文，祝贺你！全学区只有一个名额，你能被评为'县级三好学生'很不容易，一定要好好珍惜这份荣誉！虽然咱身在农村，但是咱要做一个胸怀天下的人。无胆之人事事难，有志之人定成功！好好努力，我相信你长大后一定会有出息。"

我点点头。这个我从来没有见过面的学区校长的话，简直就像一道秘籍，激励着我在以后的日子里不仅好好学习，还坚持继续做好事。

隆重的颁奖典礼结束后，全区的师生观看了丰富多彩的节目。我们班表演的是拍手歌。因为课后经常到学校旁边的树林里反复排练，所以表演者配合得非常默契，表演得很顺利。而接下来上场的一个节目，简直把我惊讶到九层云上去了。那是郎清老师执笔写的、贵珑参加演出的"三句半"：

锣鼓喧天彩旗飘，我们四人上台了，大家都快鼓鼓掌，叫声好！

学校就像我的家，老师就像我爸妈，奏出生命交响曲，暖暖哒！

学校教学水平高，美好声誉冲云霄，社会各界都称赞，刚滴好！

教师队伍作风好，一心扑在咱学校，教学质量呱呱叫，乐陶陶！

语文"讲读教学法"，数学咱有"布鲁纳"，请问那是啥经验？"发现法"！

四年级一班欧阳修文，学习优秀不求人，助人为乐觉悟高，县三好！

"六一"大会真是好，我们只会说来不会跳，后面还有新节目，看舞蹈！

万万没想到，我只是响应学校的号召，做了自以为应该做的事，郎清老师却编成"三句半"在这样隆重的场合表演，我感觉自己快要哭了。我很感动，也很受鼓舞。我又一次暗暗下定决心，一定要努力学习，做一个有出息的人，不辜负校长、老师的期待和希望，也为父母争光！就像学区校长说的那样：虽然身在农村，但要做一个胸怀天下的人！

26 孙大壮怎么样

——自爱是动力源泉,也是抵御挫折、维护尊严的坚固防线

我那天放学后回家,发现王婶儿在炕上坐着。我打了个招呼正要离开,王婶儿却叫住我,问道:"你学校有个叫孙大壮的老师吗?"

"有啊!他和红霞姐是同学。"我说。

"哦,"王婶儿又问:"你觉得这个孙大壮怎么样啊?"

怎么样?我不知道王婶儿问这话是什么意思,我脑海里忽然浮现出芙蓉曾经说过的话:"孙大壮老师脾气很好,就是那一脸的疙瘩太吓人了"。鬼使神差,我不假思索就把芙蓉的话原封不动地复述了一遍。

"嗯,你看,我说是吧!连小孩子都这么认为呢!"王婶儿边说边看我妈妈,就像终于找到了同盟军似的。

我觉得背后说孙老师的坏话很不合适,连忙吐了个舌头就赶紧跑开了。

晚上,我们正坐在院子里乘凉,红霞径直推门进来,怒气冲冲地说:"贵玲,你和我娘说什么了?"

我愣了,不知道红霞为什么生气,我一时头脑空白,也想不起自己究竟跟王婶儿说过什么。

"你是不是说孙大壮的坏话了?别不承认啊!"红霞不依不饶地说。

听到红霞说孙大壮，我立即想起了"满脸疙瘩"的坏话，于是马上承认了："我说他满脸疙瘩太吓人了！"

"你就说了这一句吗？"红霞似乎不相信。

"嗯，就这一句啊！"我老老实实地回答。

"明白了，我娘是拿你当挡箭牌了。"红霞说完就气呼呼地走了。

我看着一直不说话的妈妈，问："她这是怎么了？谁惹着她了？"

妈妈说："你不知道吧，红霞和孙大壮搞对象，你王婶儿不同意，肯定是拿你的话儿跟红霞叨叨了。"

"啊？"我张大嘴巴，没想到只是转述了芙蓉的话，竟然被拿来当作反对红霞搞对象的理由了。

"你看，背后说人家的坏话很不好吧！"妈妈说。我点点头。但我更关注的是：孙大壮和红霞是同学，怎么会搞对象呢？

妈妈说："正因为他俩是同学才搞的对象。红霞刚上高中的时候老师就找你王婶儿谈过话了，说红霞在学校和这个孙大壮搞对象。"

我恍然大悟，怪不得和红霞去买毛衣的路上，听到有人给孙大壮写情书时她的反应那么强烈呢，原来是他俩在搞对象啊。

"反正红霞姐也不上学了，搞对象就搞对象吧。找个同学不是挺好的吗？王婶儿为什么不愿意呢？嫌弃孙大壮一脸疙瘩？"我说。

妈妈叹了口气，说："你王婶儿压根儿就不是嫌弃孙大壮一脸疙瘩，是因为孙大壮很小的时候他娘就去世了。你王婶儿不愿意红霞找个没有婆婆的家庭。别看红霞死抱葫芦不开瓢，她娘可是吃了秤砣铁了心。"

原来是这样！我有点儿替孙大壮老师感到难过，都说孩儿离开娘就像瓜儿离开秧，他没有娘了不但得不到同情，反而还成了谈对象的阴影。

不久之后，孙大壮和红霞分手，而且离开学校外出打工了。听妈妈说，红霞曾经不吃不喝躺在炕上好几天呢。

红霞的事儿刚刚搁置一边，一个女人的出现划破了村庄的平静。

那天，我和芙蓉正坐在门前的树底下玩，忽然看见很多人匆匆忙忙地往大街上跑去，芙蓉也拉着我加入其中。来到大街十字路口，我看见一个穿着粉红色短袖上衣的年轻女人，手里拿着一块砖头，正对着周围的人大声喊叫着："你是坏蛋！""你忘恩负义！"。

这个女人梳着两条长长的大辫子，穿戴整齐，怎么会在大街上骂人呢？我感到纳闷儿。

"她这是怎么了？"有人问。

"得精神病了！搞对象搞得！"有人小声说。

女人继续自言自语，说到激动处，就把手里的砖头往远处扔，吓得人们在惊呼声中赶紧四散离去。看人们散去，女人又从地上捡起一块石头抱在胸前，满眼愤怒地继续破口大骂。

"咱们回去吧。"我拉一拉芙蓉的胳膊说。看到这个处于极度愤怒中的女人，我心里充满同情的同时也充满了疑惑。一个正常女孩子是不会在众目睽睽之下破口大骂的。

芙蓉对我总是言听计从，她二话没说就和我往家走去。

"她怎么会得精神病呢？"芙蓉问。

"你没听见有人说嘛，搞对象搞得。"我说。

"搞个对象就得精神病了？我才不信呢。"芙蓉认真地说，"咱这边有多少搞对象的，也没见有得精神病的。"

"这里面一定有咱不知道的秘密。"我说。

说着话，很快就走到岔路口了，我和芙蓉互相告别，各自回家。

回到家里，妈妈正在厨房里做疙瘩汤。油炸葱花的香味扑鼻，我顿时感觉自己饿了。吃饭的时候，我和妈妈说起那个骂街的女人。

妈妈叹了一口气，说："那闺女是因为太痴情了，才沦落到这个地步。"然后，妈妈就简单讲述了这个女人的故事。

原来，这个女人是邻村的，和本村的一个小伙子已到了谈婚论嫁的地步。但这个女人的父亲托关系在城里给小伙子找了工作之后，小伙子就移情别恋了。女人遭遇打击，一时想不开就变得疯疯癫癫。父母嫌弃她在家里惹是生非，就给她找了我村的大龄青年吴小四。这女人跑到大街上应该是发病了，可能吴小四去地里干活了，家里没人能拦住她。

"不是这个女人的父亲托关系给小伙子找了城里的工作吗？他怎么能变心呢？"我问。

"谁说不是呢！那小伙就是病好打医生——恩将仇报。当初，这个女人的父亲应该先给自己的闺女找工作而不是给那个小伙找工作。"妈妈说。

说完，妈妈放下碗筷，若有所思地看了看我，又说："你看，搞对象搞不好，男孩子倒没什么事儿，女孩子却容易想不开。她把自己弄成这个疯疯癫癫的样子，不就更找不到满意的对象了吗？女孩子家，首先应该爱惜自己啊！"

我看着妈妈，感觉她的话总是挺有道理的。

27 郎老师可厉害了
——走出去，才能看到更广阔的世界

郎清是我见过的最多才多艺的老师。他不光教我们语文知识，教我们写作文，还教我们画画、唱歌、打球等，简直是无所不能、样样精通。而且，他脸上总是挂着温暖的笑容，总是和颜悦色地对待每一个学生。

郎老师经常跟我们讲关于苏东坡的故事，讲苏东坡与诸城有关的一切，讲着讲着，他还会用特别好听的腔调朗诵苏东坡的诗词。我印象最深刻的是《望江南·超然台作》："春未老，风细柳斜斜。试上超然台上看，半壕春水一城花。烟雨暗千家。寒食后，酒醒却咨嗟。休对故人思故国，且将新火试新茶。诗酒趁年华。"郎老师说，词里写到的超然台，是古密州（今山东诸城）八景之首，"超然"取《老子》"虽有荣观，燕处超然"之义。郎老师还说，苏东坡的名作《水调歌头·明月几时有》也是在超然台上创作完成的。郎老师还会给我们讲解苏东坡诗词的意思，虽然我并不能完全明白，也记不住这些诗词，但是我知道了苏东坡这个人非常有才华但命运坎坷。

每当郎老师浑厚的声音在教室里荡漾，班里就很安静，就连那些习惯了调皮捣蛋的家伙，也好像被郎老师的声音吸引住了。郎老师还告诉我们："你们知道吗？诸城有四大奇观，一步三孔桥，三步两座庙，南北墙上画麒麟，西北角楼倒吊枸（枸杞），其中三处奇观在沧湾附近。你们一定要到县城去看看，不过超然台是看不到了，据说于1948年不幸毁于战火，但可以看看沧湾公园——那是诸城的第一座公园。"郎老师停顿了一下，忽然想起了什么似的，又说："当然，你们不仅要到县城去，将来还应该到潍坊市区去看看杨家埠、十笏园，到省城济南去看看大明湖、趵突泉、千佛山，然后再争取到省外去看看，青海湖、月牙泉、长白山，等等。总而言之，你们要志存高远，更要勇往直前。走出去，才能看到更广阔的世界。"

苏东坡、超然台、大明湖、长白山……除了课本知识，郎老师还把这些好听的名字一一挤进了我的脑海里。作为郎老师的语文课代表，每次看着郎老师念诗词、讲故事时口若悬河、滔滔不绝，我就浮想联翩、充满雄心壮志，努力走出农村看看世界的愿望也越发强烈，甚至，我竟然还强烈地希望郎老师能成为我的哥哥。

有一天放学时，郎老师叫住了我，说红霞给我家送土豆但我家锁着门就把土豆送到学校里来了。我接过土豆就要走，郎老师说："欧阳修文，你邻居姐姐好漂亮啊！"

鬼使神差，我竟然说："郎老师，你让红霞姐当你对象吧！"我觉得要是红霞成了郎老师的对象，我就可以叫郎老师姐夫了。

郎老师哈哈大笑，说："好啊！那得先问问红霞愿意不愿意。"

"好啊！"听郎老师这么说，我的心里别提有多高兴了，提起篮子几乎是飞奔着回到家，把篮子交给妈妈后就想去找红霞。正要出门呢，红霞就推门进来了。

红霞一看见我就说:"快告诉我,给你土豆的那个人叫什么名字?"

"他叫郎清,"我说:"郎老师可厉害了,写诗、背词、唱歌、画画、打球样样精通!"

红霞说;"他给你土豆的时候,没说别的吗?"

"说了。"我说,"他说你很漂亮。"

红霞笑了,眼睛亮晶晶的,似乎又有点儿不相信自己的耳朵,说:"真的?他真的说我很漂亮吗?他还说什么了?"

"我想让他成为你的对象!"我答非所问。

"别胡说八道!"红霞激动的声音都提高八度了,又问:"后来呢?"

"没有后来啊。"我回答。

"他就没再说什么吗?"红霞有点儿着急了。

"哦,想起来了,他让我先问问你愿不愿意。你愿意吗?姐,快愿意吧,郎清老师可好了!"我想起了最重要的一句话。

红霞把大辫子一甩,说:"哼,我得先考虑考虑!"然后就脚步轻盈地走了。

这周末的晚上,红霞来到我家并交给我一封信,是自己用纸粘贴的那种,信封比较小但是很精巧。红霞说:"明天你把这个单独交给郎清,别让人看见,我要问他几个问题。你一定要保密,千万不要告诉别人!"

问几个问题?你一个高中生要问小学老师什么问题?看着红霞离去的背影,我忽然感觉自己的心"扑通扑通"地跳个不停。红霞姐,你写这封信是要告诉郎老师你愿意成为他的对象吗？

第二天我早早地来到学校，眼睛紧盯着郎老师的办公室。只要郎老师一出现，我就立即冲到他面前把红霞交给我的任务完成了。

可是，整整一个上午我也没有见到郎老师。我拿着信如坐针毡，只能在心理默念12356。我不知道郎老师干什么去了，也不能问别人，更不能把信交给其他老师。红霞嘱咐我要替她保密，所以我一定要把信亲自交到郎老师手里。

中午放学回家，红霞已经在我家门口等着了。

"你把信交给他了吗？"一看见我，红霞就着急地问。

我摇摇头说："我一下课就去他办公室看呢。一上午都没看见郎老师。"

"你好笨啊！你不会问问别的老师他干什么去了吗？"红霞说。

"如果别人问我找他有事儿我怎么说？就说是给你送信吗？"

"你傻呀，这么实诚干吗！你说'没事'不就行了吗？都说你聪明，怎么忽然就死脑筋了呢？"红霞显然着急了。

哦，我茅塞顿开，只想着保密这一件事儿呢！

下午，依然不见郎老师的身影，我就去问武老师。武老师说："不太清楚，有可能调回县城了。"

我瞬间好像冷水浇头——凉了半截！放学后我立即就把这个消息告诉了红霞。红霞有点儿不大相信，但看得出她很失望，嘱咐我继续追问。

过了几天，我又去问武老师，武老师说："这次可以确定，郎清因为父亲突然生病，申请调回县城了。"

我大失所望，感觉自己像做梦拾了个大元宝——空欢喜一场。

比我还失望的是红霞。当她知道这个消息以后，要回了那个已经被我攥得皱皱巴巴的信封，然后默默地回家了。

有时候就是这样，有些花还没来得及开就遭受风吹雨打。红霞因为一面之缘而萌芽了一朵小花，却发现赏花人竟然不见了。

28 可谓一举两得

——文化娱乐能丰富精神、拓宽视野，通过劳动获得机会体验更加深刻

秋天坐一坐，冬天忍顿饿。三秋戒懒。随着秋收的到来，掰玉米、刨花生、扒玉米皮、晒玉米棒子，家家户户从早晨一直忙碌到夜晚。

就在这时，村里发生了一件惊天动地的大事：有户人家买了一台电视机。

这个消息很快就在学校里传开了，芙蓉找到我说："你知道吗？刘建钢家买电视机了，今天晚上咱一起到他家里看电视吧。"

"哪个刘建钢？"我问。

"哎呀，你忘了？刘建钢是咱同学啊！个子不高，不爱说话，一直靠墙坐着，因为经常流鼻血，鼻子里总是塞着粉笔，后来生病去世的那个。"芙蓉一口气说了这么多。

我恍然大悟。我想起来了，刘建钢是班里唯一一个因为生病去世了的同学。而且，关于他的一件事我印象特别深刻：那天，全班同学集体外出勤工俭学拾麦穗，刘建钢生病不能去，就在教室里上自习。等大家拾完麦穗回到教室，却没有看见刘建钢的踪影，只发现黑板上工工整整地写着一行字：同学们，我走了！好事儿的学生们七嘴八舌议论着，一致认为是刘建钢一个人在教室里感觉没意思，就写了句话告知大家后回

家了。喜欢搞恶作剧的鲁德明忽然跑到黑板上，把'走'改成了'死'，有几个男孩子就大声地读"同学们，我死了！"然后哈哈大笑。然而谁也没想到，鲁德明这一改一语成谶，不久之后噩耗传来：刘建钢因为生病去世了。武老师在班上告知大家这个消息的时候，教室里顿时鸦雀无声，鲁德明更是满脸愕然，他一定会万分后悔自己把刘建钢写的"走"字改成了"死"字。从那以后，鲁德明变得安静了很多，几乎再也不搞恶作剧了。

我问芙蓉："刘建钢生病去世了，他家有钱买电视机吗？"

芙蓉说："这有什么关系呢？刘建钢的爸爸和你爸爸一样，也是在外地上班。"

"在外地上班就有钱买电视机？"我表示怀疑："我家就没有钱买！"

"不管这些了，咱先去看看电视机是什么样子的！"芙蓉有些着急了。

我有点儿迟疑，说："咱能去刘建钢家看电视吗？"

芙蓉摆摆手说："我都打听好了，不管是谁，只要帮助她家干点活儿就可以看电视了。扒玉米皮、摘玉米叶子等，都可以，张牡丹都去了好几回了。"芙蓉十分肯定地说。

"好吧！今天晚上咱早去早回！"我答应道。

回家以后，我赶紧帮助妈妈择菜、做饭，也不说话，匆匆忙忙地吃了几口就放下了碗筷儿。

妈妈看出我的异样，问道："怎么啦？你有什么事情吗？"

我看看正在狼吞虎咽的贵珑，轻轻地对妈妈说："芙蓉约着我今天晚上到刘建钢家看电视。"

妈妈说："哦，我也听说这事了。你去看看也行，开开眼界，但是别妨碍人家休息，别弄坏人家的东西。"

贵珑耳朵尖，听清了我和妈妈的对话，立即很感兴趣地说："电视好看吗？我也想去看看！"

我说："什么也瞒不过你！你就别去了。你那么胖，又那么爱睡觉，要是你看着看着睡着了，我可背不动你。你忘了上次看电影的事了？"

一听我提到上一次看电影的事情，贵珑就很不好意思地"嘿嘿"干笑。

可不是嘛，就在刚刚过去的暑假里，电影队来我们村里放电影。我让贵珑早早吃完饭拿着两个板凳去大银幕前占位置。可是，当我背着贵玥和妈妈一起去现场，在人头攒动的大银幕前面，根本就没看见贵珑的身影。

我大声喊了半天，也没有听见贵珑的回应，只好穿过人群四处寻找。结果，发现贵珑正在大银幕的背面和小朋友玩打票儿呢。

我很生气，那个时候已经找不到好位置，只好和妈妈站在离着大银幕较远的坡上看电影。

那天的电影是河北曲剧片《告状》。我一直觉得妈妈懂得很多，比如京剧、豫剧、越剧、吕剧，等等，妈妈不但一听曲调就知道是什么剧种，而且还会唱上几句。那段脍炙人口的《谁说女子不如男》（《刘大哥讲话理太偏》），就是河南豫剧《花木兰》的选段。耳濡目染，我也能完整地唱完。

虽然站得比较远，但我和妈妈始终兴致勃勃地观看，直到电影结束，人们开始四处分散。

"坏了！"妈妈抱着已经熟睡了的贵玥，忽然记起了什么，说："快去看看，贵珑是不是还在那里玩！"

我赶紧逆着人流来到大银幕后面，发现已经空无一人。我大声呼喊贵珑，始终没有动静。我又来到回家时必经的路口，期待贵珑随着人流出现。可是，直到人群散尽，也不见贵珑的身影。

我和妈妈都急坏了，一起再次来到大银幕附近，一边大声呼叫一边寻找。最后，妈妈在大银幕旁边的草垛里发现了贵珑，他正在呼呼睡大觉呢。

我使劲儿摇晃着贵珑："贵珑！快醒醒！快醒醒！"

贵珑迷迷瞪瞪地睁开眼睛，竟然不知道发生了什么事情。

我一把拽起贵珑，怒不可遏地说："让你早来占地方，你贪玩没占成。人家都在看电影，你却在睡大觉，还让我们找了这么长时间。你以后别来了！"

妈妈说："贵珑，睡在草垛里非常危险！你想想：万一有人不小心把还没熄灭的烟头儿扔进草垛引起大火，怎么办？黑灯瞎火的，谁会知道你在里面？你得长记性啊！"

"就是啊！你忘了把家里的草垛点着火的事儿了？"我大声说。

"贵玲，别说他了，咱们赶紧回家睡觉吧！"妈妈说。

妈妈背着贵玥，我牵着贵珑，默默地往家走去。演电影时的热热闹闹早已消失得无影无踪。夜深人静，偶尔听见几声狗叫声。

每次想起这件事我就心有余悸，现在贵珑还想跟着我去看电视，我哪里敢答应！

妈妈说："贵珑别去了，在家陪着妹妹玩。先让你姐姐去看看什么情况你再去看也不迟。"

贵珑非常顺从地说："好吧。"

"早去早回啊！"妈妈对我说。

我答应着就出门了，因为我已经听见芙蓉在门口的喊叫声。

我和芙蓉一口气跑到村南头的刘建钢家门口，映入眼前的一切顿时让我俩傻眼了。门口全是孩子，每个人面前摆着一捆玉米秸，大家正手忙脚乱地摘玉米叶子。

芙蓉正要跳过玉米秸进门，被一个陌生男孩拦住了，他说："你懂不懂规矩？先干活儿才有资格看电视。要想早点看，就得赶快干！"

我和芙蓉一人拿了一捆玉米秸赶紧摘了起来。不过，这个活儿对我们来说早就驾轻就熟了，我俩各自左右手轮番上阵，三下五除二，不一会儿就摘完了，然后顺利进了大门。

院子里已经是人满为患，我和芙蓉只好站在人群的后面，踮起脚尖儿，使劲儿伸着脖子，透过前面人头的缝隙观看电视节目。

电视机被主人摆在一个高高的桌子上，虽然小，但电视里人的模样和声音都非常清晰，我觉得发明电视机的人真是了不起！

电视节目结束，人们一哄而散。我拍一拍正倚着玉米囤打盹儿的芙蓉，很奇怪自己竟然一直很兴奋、很清醒。

我拉着芙蓉一起回家。

"电视里那个女的说话真好听！咱们如果也能那样说话就好了。"

我说。

芙蓉打了一个哈欠，说："哪个女的？说的什么？我怎么不记得？"

我看着还在迷迷糊糊的芙蓉，叹一口气说："你是来看电视节目的还是来睡觉的？"

芙蓉嘿嘿一笑说："刚才摘玉米叶子累着了。反正你已经看到电视节目了，你跟我说说也挺好！"我不再说什么，俩人加快步伐一起回家。

回到家里，发现妈妈还在纳鞋底，我感到有些歉意，说："妈妈，你怎么还不睡觉？"

妈妈说："你不回来我就不能关大门，不关大门我可睡不着。电视节目好看吗？"

"好看！很好看！"我兴奋地不仅说了说看到的内容，还把进门看电视节目的规则也跟妈妈说了说。

妈妈饶有兴趣地听罢，笑了，说："先干活再看电视，真不知道这主意是谁想出来的！不过，这样做既给那些孩子一个通过劳动获得看电视的机会，又解决了自家的农活儿，可谓一举两得！"妈妈一边说一边把被褥铺好，她打了个哈欠，说："不早了，赶紧睡觉吧！"

我赶紧脱衣躺下，很快就进入梦乡。那天晚上，我做了一个梦，梦见自己也出现在电视里，说话的腔调也像播音员似的！

后来，我带着贵珑去看了一次电视之后就再也没有去过。我可不想让妈妈在家熬夜等着。我想等自己长大挣钱后也买台电视机，那样妈妈在家里就可以随时看电视节目了。

29 还有救！
——盲目尝试的严重后果，使安全意识提升了

霜降以后，天气转凉。曾经浓密碧绿的地瓜叶，已经变黄变干甚至变得黑乎乎的，人们开始刨地瓜、切瓜干，男女老少起早贪黑齐上阵，全村一片忙碌声。

我们家也不例外。一大早，我和贵珑就跟着妈妈来到地瓜地里，先是学着妈妈的样子用镰刀割断地瓜秧，然后再把地瓜秧卷成团顺沟滚到地头上。不到一天的工夫，地瓜地的四周就陆续出现了一个个大大的地瓜秧球。

割完地瓜秧后的第二天，妈妈开始刨地瓜，我和贵珑则跟在妈妈身后把刨出的地瓜聚集成一堆一堆的，忙忙碌碌中一天的时间很快就过去了。

休息了一个上午之后，吃完午饭，我和贵珑挎着篮子，妈妈一手扛着地瓜铡子一手领着贵玥，又一起来到地里，准备切地瓜干。

切地瓜干全靠手工操纵地瓜铡子。老式的地瓜铡子是把刀片固定在木板上，旁边钉上一个"呱嗒板"模样的木柄，把地瓜放进铡口，用木柄挤压地瓜，"嘎巴、嘎巴"几下，地瓜就被切成薄片了。这种铡子用起来比较安全，但是切得比较慢。妈妈带的是新式的"擦铡子"，比老

式铡子大一点，去掉了那个笨重的木手柄，可以用手拿着地瓜直接在刀刃上擦成片。这种新式铡子用起来效率高，但是比较危险，很多人曾经擦伤过手掌，所以用的时候都戴着贴胶的手套。妈妈从不允许我和贵珑动这个擦铡子。

妈妈把擦铡子一头放在篮子上，另一头搭在自己的腰部，然后戴上手套，一阵"咔嚓、咔嚓"的声响之后，一片片地瓜干就陆续掉在篮子里。妈妈切的地瓜干厚度均匀，个很大，片数少。等篮子盛满了地瓜干，妈妈就把擦铡子放在另一个空篮子上继续擦。我则赶紧挎起满是地瓜干的篮子尽量均匀地分撒在地上，贵珑和贵玥就去把重叠的地瓜干拨弄开，以便于晾晒。摆地瓜干需要长时间蹲着，脚下摆满了，就用两手撑着挪个地方再摆。贵珑和贵玥都手脚麻利地摆着，摆一阵子后就回头看看，满脸都是成就感。

我知道贵珑一直对擦铡子充满好奇，但没想到他竟然趁着妈妈去地头喝水的工夫偷偷靠近擦铡子，而且还拿起了一个地瓜……

我正专心地分撒地瓜干，忽然听到贵珑大叫一声："哎呀！"

我立即跑过去，看见贵珑左手食指的指头快要掉下来了，只有一点点皮连着。我吓得腿一直在打哆嗦，捧着贵珑的手大声喊妈妈。

贵玥不知道发生了什么，看见哥哥大哭、姐姐大叫，也跟着哭了起来。

妈妈闻声飞奔过来，立即用手捏住贵珑受伤的指头，拉着贵珑就拼命往村里跑。我背着贵玥紧紧跟在妈妈身后，疯狂默念着贵珑12356……

来到卫生室，医生看了看贵珑的手指，说："还有救！"然后就拿出消毒棉在贵珑的手指上擦抹了一番，又仔细地把手指头与手指对接好，用纱布缠绕了几圈，用胶布粘好，再三嘱咐贵珑一定要把手指竖着，否则手指就可能长歪了。贵珑停止哭泣，惊恐地看着自己的手指一言不发。

妈妈万分心疼地看着，对医生说："真不应该带着孩子到地里去！"

"如果他爸爸在家就好了。"医生说，"没有办法，让孩子独自在家更不放心，只能让他们跟着。"

看见妈妈泪眼婆娑，我又一次强烈地希望爸爸不要在外地工作，那些丈夫不在外边工作的婶婶们要比妈妈活得轻松很多。

第二天，我们又来到地瓜地里，一切都保持着匆忙离开时的样子。妈妈擦地瓜干，我摆撒。贵珑竟然找了一根大树枝拨拉地瓜干。看着他举着左手、兴致勃勃地用右手拨弄的样子，我的眼睛又湿润了。

阳光温暖，天高云淡，我默默祈祷老天爷能够成全大家把地瓜干晒完。天遂人愿，连续大晴天，地瓜干已被晒成了灰白色。妈妈捡起一块大片地瓜干，用手掰下一小块放在嘴里嚼了嚼，说："可以拾回家去了。"

于是，我们都挎着筐、带着麻袋到地里捡拾地瓜干。拾起来的地瓜干先摊在场院里晾晒两三天，等彻底干透后再运回家放进粮囤里。至此就可以长舒一口气：又有地瓜干吃了。

30 谁是穆桂英

——少年情感的萌芽，往往以独特而微妙的方式悄然生长

生地瓜干大丰收了，妈妈又开始晾晒熟地瓜干——就是将地瓜煮熟后切成片晾晒而成的地瓜干，既可以当零食吃，也可以放在蒸笼里蒸至回软当主食吃，这是我们当地的一大美食。

这种熟地瓜干很好吃，但晾晒起来比较复杂：首先要把生地瓜放在窗前晾晒一番，以减少地瓜内部的水分，这样的地瓜无论煮着吃还是烤着吃都非常黏软香甜。晒到一定程度之后，再把地瓜放在大铁锅里蒸煮，并随时注意把握蒸煮的火候，火候太小地瓜会泛生影响口感，火候太大地瓜就会太软不好切片。妈妈蒸煮的地瓜总是恰到好处。等煮好的地瓜切片后，就用粗线串起来挂在窗前，或者直接摆在穿盘上晾晒。晒几天后就要翻个，然后继续晾晒。在晾晒的过程中，风沙不可避免地会落在地瓜干上，当然还会有苍蝇光顾，所以吃之前都要仔细清洗一番，放在锅里蒸一蒸再吃。我们都很喜欢吃妈妈制作的这种美食，所以在妈妈制作地瓜干的过程中总是争先恐后地积极参与。即便是贵珑的手指缠着纱布，也没妨碍他翻弄地瓜干。

过了一段时间，扯下纱布一看，贵珑的手指头重新长在了手指上面，

虽然有一点点歪，但并不影响他手指活动。贵珑又变得生龙活虎，这不，我和妈妈要去推磨，贵珑也非要跟着，其实他从小就喜欢拉磨推碾。

碾棚就在村东头。妈妈拿着扫碾笤帚，我挎着一个筇子，筇子里是一瓢玉米粒，贵珑领着贵玥，我们一字排开来到碾棚。碾磙子和碾盘都是用很大的石头凿成的，碾磙子两边的中间有一个比较粗的木头做成的磨杆。妈妈把碾盘和碾磙子都清扫干净，把玉米粒儿放在碾磙子下面，我和贵珑就推着磨杆转圈，一圈两圈三圈……妈妈一边帮着推碾，一边把滚出碾底的玉米粒儿再扫回去。无数圈之后，通过碾磙与碾盘的挤压就把玉米粒粉碎成小颗粒状的玉米渣，以后就可以用它做甜甜的玉米渣黏粥喝了。

我们高高兴兴地回家，走到半路，妈妈发现没拿扫碾笤帚就让我回去找。我火急火燎地往碾棚跑，远远地看见碾棚旁边竟然多了两个熟悉的家伙：鲁德明和林国盛，看样子他俩也来推碾了。

我越跑越近，忽然听见鲁德明喊："穆桂英来了，穆桂英来了！"

我四下看了看，没有别人，知道鲁德明又在信口开河开玩笑了。我径直跑到碾前找到自家的扫碾笤帚，拿在手里就往回走。

"穆桂英！穆桂英！"鲁德明又喊。

我转过身来，问："谁是穆桂英？"

鲁德明嘿嘿笑着，说："除了你还会是谁？"然后朝着林国盛挤眉弄眼。

我听过刘兰芳说的评书《杨家将》，熟知穆桂英的厉害，但没想到自己竟然被鲁德明比作穆桂英，心里有点儿小激动。

"别胡说八道,我哪有穆桂英那么厉害!"我说。

"你有杨宗保呀!"鲁德明嬉皮笑脸地说。

杨宗保是穆桂英的丈夫,我知道。我问:"谁是杨宗保?"

"当然是他了!"鲁德明使劲儿捅了捅站在一旁已经面红耳赤的林国盛。

林国盛就好像被蝎子蜇了一下似的,一下子就把鲁德明的胳膊扭到背后去了,疼得鲁德明嗷嗷直叫,一边叫一边挣扎道:"这不是你自己说的嘛!你说欧阳修文是穆桂英,你就是杨宗保!"

看着他俩扭过来扭过去我感到有些好笑,哼了一声就回家了。

万万没有想到,仿佛一夜之间学校里面就有了传言,说我是穆桂英,林国盛是杨宗保。开始时我并不在意,但被人喊为穆桂英的次数多了,尤其是有一次看见有人喊穆桂英、杨宗保时还用两个大拇指做成双成对的动作时,我就不淡定了。

放学回家的路上,正好碰到林国盛,我问道:"为什么大家叫我穆桂英,叫你杨宗保呢?"

林国盛竟然立刻满脸通红,有些慌乱地说:"我怎么知道!他们胡说八道!"他说完就往家跑。看着林国盛像受了惊吓的兔子似的往家跑,我感到既好笑又莫名其妙。

正在这时,芙蓉不知从哪里跑过来,就像八十岁的老头学吹打一样上气不接下气地说:"我打听明白了,林国盛自己说的,你是穆桂英,他是杨宗保,你们俩是一对儿!"

"胡扯!"听完芙蓉的话,我感觉自己浑身起了鸡皮疙瘩,非常坚决地说："就是打死我也不可能和他一对儿啊！"

芙蓉也十分肯定地说："就是！他可配不上你！"

回到家，我立即把自己被叫作穆桂英、林国盛被叫作杨宗保的事情告诉了妈妈。妈妈说："这事儿真是林国盛自己说的吗？那可能是他喜欢你呢！"

我急了，立即嚷道："我不喜欢他！我也不让他喜欢我！"

看到我火急火燎的样子，妈妈笑了，说："你不喜欢人家，也不让人家喜欢你，你得拿出不喜欢的态度。你态度明确了，等过段时间，风言风语自然就会消失。只要你别像踩着麻绳当蛇——大惊小怪就行了。"

妈妈停顿了一下，又说："不过，你不喜欢林国盛不要紧，可不能当着别人的面伤害他的自尊心。毕竟他是个孩子，也到了喜欢女孩子的年纪。"

我认真地点点头，心想自己以后一定要和林国盛保持距离，坚决不能开任何玩笑。如果真的被大家当作一对儿，那可不是一件好事儿！

我不喜欢林国盛整天心事重重的样子，也不喜欢鲁德明整天嬉皮笑脸的模样，我喜欢像郎清老师那样阳光开朗又多才多艺的人。

31 红霞要嫁人
——缘分会以意外的方式降临和延伸，仪式感是珍视情感的体现

有人上门给红霞提亲，双方都比较满意。

"这门亲事啊，估计是板上钉钉了。"妈妈说。

我很好奇，问妈妈："红霞的对象长什么样儿啊？"

"个子很高，鼻梁挺直，眉清目秀，可精神呢！听说比红霞小两岁，就是不知道脾气怎么样。"妈妈说。

"比红霞小两岁，那不是找了个弟弟吗？"我表示不理解。

"是哥哥还是弟弟都无所谓，只要对红霞好就行。你王婶儿对男方很满意，她可不是个让了甜桃去寻酸枣的人！"妈妈说。

"这么说，红霞就要嫁人了？"我觉得事情发展得有点快。

"后边的事儿还多着呢。"妈妈打开了话匣子，说："先要定亲。男方准备好礼品，买好布料，带着定亲帖，选择一个好日子，连同媒人一起来红霞家。红霞家要以宾礼相待，照顾他们吃完饭，再回赠一些礼品。"

"然后呢？"贵珑问，他似乎对妈妈说的定亲也感兴趣了。

妈妈继续说："定亲之后就是投启。到时候，男方家请人写好媒启，

写上'敬请金诺',然后备好四色彩礼。我估计红霞的婆婆家会准备八色彩礼,他们对红霞很满意。然后再选一个好日子,送到红霞家。"

"这样就可以了?"虽然我并不懂得妈妈说的"媒启""敬请金诺"是什么意思,但我知道一定是很隆重的事。

"红霞家以礼相待,收下彩礼,然后也写一个回启,上边写上'仰答玉音',送给男方。这样,双方以此作为字据,互相保存着,以防止反悔。"

"我的天哪!没有文化找媳妇真难啊!"贵珑夸张地大发感慨。

妈妈笑了,说:"有点文化、家境差不多的才会这样烦琐,一般人家都很简单,有媒人说说就可以了。"

"这样就可以娶媳妇了?"我问。

"还得送日子。"妈妈一改往常,并不着急收拾碗筷,忽然化身一个普及婚礼知识的宣传员似的,继续说:"投启以后,这桩婚事基本上就算定下来了,一般情况下也没有反悔的,当然最重要的是去领结婚证。然后,男方会选择一个适合嫁娶的好日子,这叫'确定喜期',再准备好礼品,来到女方家里,这叫'送日子'。送完日子,双方就可以告诉亲戚朋友,准备婚事了。"

"接下来,接到消息的亲戚朋友就会准备礼品去祝贺,到男方家贺喜的叫'送大饭',到女方家贺喜的叫'点茶'。街坊邻居去贺喜的叫'送小饭'。双方会各自邀请那些去贺喜的人到家里吃喜饭。"妈妈说。

"我可以去红霞家吃喜饭吗?"贵珑就记挂着吃。

"根据习俗,亲戚才可以去吃喜饭。咱和她是邻居,不能去。"妈妈说。

"我还以为能去吃呢!"贵珑有点失望地站起来,一溜烟儿跑到炕上去了。

快到春节的时候，一个飘着小雪的日子，红霞要出嫁了。村里人都说，结婚那天下雪的新娘子就是"雪窝娘子"，是有福气的人。

王婶儿说红霞没有亲姐妹，邀请我来完成"陪送"这一光荣使命，我欣然答应。下午，我作为娘家人也坐在红霞的花轿里。花轿是用一辆马车装扮成的，在车厢内支起一个大棚，棚子上面盖上各种颜色的花布，前后有两个门帘，也都是用大红绸子做成的。花轿里铺着四个角都挂着红枣、栗子、铜钱、棉花籽等花花绿绿的被褥，寓意"早立子"。我知道这些被褥都是妈妈帮着缝制的，听说只有儿女双全的人才有资格参与婚嫁被褥的缝制。

妈妈早就嘱咐过，在花轿上一定少说话，所以我一声不吭，只是静静地看着打扮得花枝招展的红霞一直两眼泛红。

因为两家村庄离着不远，大约半个小时后，花轿就到了新郎所在的村里。

落轿后，等新郎满面笑容地来到花轿前，我按照事先妈妈嘱咐好的，从红色脸盆里拿出新娘随轿陪送的新鞋子，递给了新郎，新郎穿上新鞋就急匆匆返回屋里去了。后来我才知道，新郎穿着新鞋回屋是要到喜房炕上走一圈，这叫"踩床"。

我把鞋子递给新郎的时候，悄悄地看了他一眼，不由得大吃一惊，这新郎长得简直就是郎清老师的翻版。

很快新郎就返回到花轿前接新娘了。我搀扶着红霞下轿，红霞手拿小方巾，脚踏红毡，一步就跨过了大门槛，然后就被簇拥着走进了新房。

我看见红霞笑靥如花。

告别红霞，跟着送亲队伍回到家，我兴奋地告诉妈妈："红霞的对象长得太像郎清老师了！"我对郎清老师念念不忘。

妈妈听后笑了，说："郎老师既有文化又有才华，性格温和、相貌不凡，肯定有很多优秀的姑娘喜欢。将来你要想找个郎老师那样的对象，现在就得努力学习，提高自己各个方面的素质。"

我默默地听着，觉得找对象还是很遥远的事情。但有一点可以肯定：只有好好学习，才能像郎清老师那样多才多艺。

32 天哪！换亲？
——有效抵制社会陋俗的前提，是强大自己

年后新学期第一天的早上，班里同学吵吵嚷嚷，女生互相评论着过年添的新衣裳，男生积极交流鞭炮的新玩法。我习惯性地看向芙蓉所在的座位方向，很意外地发现她的座位竟然是空的。

我去问芙蓉的同桌："马上就要上课了，她怎么还没来啊？"

芙蓉的同桌撇撇嘴，说："你不是她最好的朋友吗？你都不知道，我怎么晓得？"

我马上回到座位上，因为上课铃响了。然而我很难安心学习，瞅准时机悄悄地站起来问武老师。

武老师说："她辍学了，具体原因不明。"

听武老师这么说，我忽然感觉芙蓉家有什么不好的事情发生了。

好不容易等到放学，我径直跑到芙蓉家。芙蓉正在烧火煮地瓜。

"芙蓉，你为什么不去上学了？"我问。

芙蓉探头看了看门外父亲的背影，毫不在乎地说："我不愿意上了，反正我学习不好，早晚都是要下地干活儿的。"

"再有半年就小学毕业了，就是辍学也不差这半年啊！你快回学校去吧!"我说。

芙蓉摇摇头,坚决地说:"你知道我的脾气,说不去就不去了。"

我看见芙蓉的眼睛里有泪花在闪。

接下来的几天,我始终不死心,又到芙蓉家去找了她好几遍,但遗憾的是芙蓉坚决不肯上学了。我隐隐地觉得,芙蓉家一定出现了什么问题,或者是芙蓉隐藏着不愿意别人知道的秘密。

辍学以后,芙蓉就推起独轮车走街串户收购废品,同时卖一点日用百货品。因为她勤快、脾气好,所以很快就受到村民的欢迎,生意还算兴隆。

虽然芙蓉辍学了,但我总能天天见到她。每当我背着书包从学校出来,总是看见芙蓉站在十字路口卖货。她一看见我就连连朝我挥手,我也赶紧小跑几步瞬间来到她面前,然后站在她旁边,津津有味地讲述发生在学校里的各种事情。

后来,在我的再三追问并反复保证不说出秘密之后,芙蓉终于说出了实情。原来,芙蓉的哥哥是个横草不拿竖草不拈的家伙,老大不小了一直没说上媳妇。芙蓉的父亲就想让芙蓉换亲,所以就以学习成绩差为借口不让芙蓉上学了。

"天哪!换亲?"听到芙蓉说的这个秘密后,我惊讶得差点儿掉了下巴。换亲是农村的一种陋习,就是一家的兄妹或者姐弟和另一家的兄妹或者姐弟组合成两对夫妻,只有家庭非常困难的人家才会出此下策。我曾经亲耳听妈妈讲过,邻村一个男孩和本村的一个女孩恋爱了,但因为那女孩被家里人答应给她哥哥换亲,那男孩就去女孩家理论,结果被女孩的哥哥和父亲一起揍了一顿，女孩终日以泪洗面郁郁寡欢。

我万万没想到芙蓉竟然也面临着这样的困境！虽然芙蓉个子长得高高的，但毕竟也只是一个十几岁的女孩儿，她父亲怎么能忍心让她嫁人！

"你要反抗！"我说，"你这么小，怎么能换亲？"

"没有办法！如果我继续上学的话，父亲会打死我的。"芙蓉很无奈地说，"他发起酒疯来可吓人了。现在只要有媒人上门给我哥说亲就是换亲，大概我就是这样的命！再说我确实学习不好，如果能像你那样，我也不会甘心听从摆布。虽然我答应换亲，但是和谁家换我说了算。我现在只想好好做生意，等赚到钱给哥哥娶上媳妇，我就不用换亲了。"芙蓉两眼闪动着亮光，充满了希望。

我遗憾地看着芙蓉，满是同情。她这样的遭遇真的都是命吗？学习不好还可能会被安排这样的人生？看来要想过自由自在的生活，不好好学习是万万不行的。我想等自己有能力赚钱了，一定要帮帮芙蓉。

芙蓉换亲一直没成，生意却做得有声有色。她把手推车换成了大金鹿自行车，不再走街串巷收废品，而是到处赶集卖日用百货品。

我暗暗高兴。只要芙蓉挣钱多，她就不用给哥哥换亲了。

33 这是歇后语
——朋友是不可或缺的财富，也是心灵的慰藉和力量的源泉

星期天，下大雨，芙蓉没去赶集就来到我家里。她看了一会儿书，说："抽空儿我教你骑自行车吧，等你学会了骑自行车，咱俩就可以到县城的沧浪湾玩一玩了。"

"沧浪湾？"我立即想起郎清老师说过的沧浪公园。

芙蓉说："那天我去赶集卖货的时候，听到两个人在那里说，沧浪湾旁边有一座楼，曾经住着一个姓窦的大才子。一到夏天，沧浪湾中的青蛙就呱呱地叫，吵得他没法读书。你猜怎么着？"芙蓉神秘兮兮地说。

"能怎么着？他专心致志不受影响继续读书。"我说。这种道理老师们曾经说过很多，什么"头悬梁锥刺股""凿壁偷光"，等等，都是表达专心读书精神可嘉的。

"才不是呢！"芙蓉嘿嘿一笑，说："那个窦才子用纸剪了很多'家伙'，就是窦娥脖子上挂的那个。我忘记是窦娥还是苏三了，反正就是类似的东西吧。然后在那些家伙上写了一个命令，让每一只青蛙都戴着那家伙，不许再呱呱叫了。你猜怎么着？"芙蓉滔滔不绝。

我瞪大眼睛，简直不敢相信自己的耳朵，这些话是从芙蓉的嘴里说出来的？出门三步远，又是一层天。看来芙蓉整天走南闯北眼界大开了，

竟然还会屡屡提问了。

"那家伙根本就不管用！要是一张纸就能把青蛙的大嘴巴管住了，那他不就是神仙吗？"我不以为然。

"可能那个窦才子就是神仙吧。反正人家说，从那以后，沧浪湾里的青蛙就再也不呱呱叫了。"芙蓉很认真地说，"你要是不信的话，夏天的时候咱们去沧浪湾看一看，听一听，不就知道是真是假了吗？"

想想也是。耳听为虚眼见为实，亲自去看看就真相大白了。我决定听从芙蓉的建议好好练习骑自行车，等到了县城的沧浪湾，说不定还能遇见郎清老师呢。

于是，平时我在学校认真学习，芙蓉早出晚归继续赶集卖货。一到星期天的下午，芙蓉就推着自己的大金鹿自行车来喊我。然后，我俩就来到村后的场院里。因为不是农忙季节，场院里除了草垛没有其他东西，视野开阔，即便是练习骑车时不小心摔倒了，也是碰着草垛或者松软的土地，人是磕碰不着的。

芙蓉先站在自行车的后面，用两手紧紧地扶住车后座以保持车的平衡。我踩着车轴骑上自行车，然后慢慢地使劲儿蹬脚轧，芙蓉则在后面拽着车后座紧紧地跟着。摔倒，起来；再摔倒，再起来……我学得很认真，芙蓉教得很耐心，我俩不但不怕苦累不知疲惫，而且还一直嘻嘻哈哈的，感到很快乐。有时候贵珑也跟着凑热闹，贵玥则站在一边，拍巴掌为我加油鼓劲儿。

因为我的个子比芙蓉矮一大截儿，所以，我骑在车座子上根本就够不着自行车的两个脚轧，只好骑着大梁。可是，骑得时间久了，两条腿很累，偶尔还蹭得屁股疼。后来我想了一个办法，把贵玥小时候的旧棉袄垫在车大梁上，再也不硌屁股了。这个改进措施加快了我练习骑自行车的进度。

等我在场院里骑车比较熟练了，芙蓉又领着我来到村西头的南北大路上练习拐弯儿和爬坡。

那天，南风呼呼地刮着。芙蓉说："我们先往北走，顺风，又是下坡，不用费力蹬车，你只要把握好方向及时转弯就可以了。"

我答应着。芙蓉先骑着自行车演示了一遍，我看着芙蓉骑在自行车上下坡、拐弯，身轻如燕，貌似很简单。于是，我充满信心地骑上了自行车，自南往北顺风顺坡而下，芙蓉在一边远远地看着。

南风很大，坡也比较陡，随着下坡的车速越来越快，我越来越紧张了，只听见耳边的风呼呼地连续闪过。眼前就是拐弯处，我用手扭动车把急转弯，结果"咕咚"一下就摔在路边的沟里了。可能是出于惊吓，我立即昏了过去。

等我慢慢苏醒过来，渐渐看清芙蓉煞白煞白的脸时，我感到自己的胯骨钻心地疼。

"谢天谢地！你没撞死。"芙蓉几乎带着哭腔说。

"12356……二月春风似剪刀。这四月的春风就是魔鬼啊！"我龇牙咧嘴地说。

"什么12356，你都差点把我吓死了！"惊魂未定的芙蓉把我扶起来坐着，然后把自行车抬到大路上查看。还好，因为前阵子刚下过雨，沟里都是软软的泥土，所以除了车铃铛掉了，其他地方都没坏。

"12356……"我继续念叨着。

"你整天说12356，这个12356到底是什么意思啊？"芙蓉一脸疑惑。

"哈哈哈……"看着芙蓉迷茫又认真的模样，我竟然忘记了伤痛大笑起来。我这样一笑，顿时感觉疼痛减轻了很多。

"12356——没四啊，就是没事的意思！"我说。

芙蓉撇了撇嘴，说："你不解释我还真不知道！亏你想得出来！"

我说："不是我想的，是我妈妈告诉我的，这是歇后语！"

芙蓉让我坐在自行车的后座上，她推着车子边走边说："照这样的话，咱们一时半会儿去不了县城，要是你摔倒在半路上可就麻烦了。等你学会了熟练地骑自行车再说吧！"

34 力大如牛的感觉
——意外的生命体验，未尝不是磨砺意志的机缘

差半年就14岁的我小学毕业了，并以优异的成绩考上了镇中心初中。开学前的日子里，我天天和妈妈一起参加劳动。

那天下午，我们娘儿四个又集体出动去玉米地里除草。也许是雨水充足的缘故，青草特别多。贵玥高兴地跑来跑去捉蚂蚱，我们仨则一字排开展开了拔草比赛。虽然贵珑有点儿走马观花，只拔那些已经长大了的青草，但他拔草的速度非常快，很快就跑到前面去了。我和妈妈也不甘示弱，两只手左右开弓奋起直追，身后的一个个青草堆很快就连成一大片了。

我们陆续到了地头儿，顺势坐在青草堆上休息，一直跟在身后的贵玥也成功地捉到了一只蚂蚱，她欣喜若狂地嚷嚷着让贵珑看。

贵珑瞬间就忘记了拔草的劳累，立即凑上前去看贵玥手里的蚂蚱。

我看着一堆堆青草，问妈妈："今天咱拔的草特别多，是放在地里还是运回家？如果运回家，咱们的三个篮子根本就装不下。"我知道，把青草运回家晒干后再去磨成面，就可以当作猪饲料了。

"要不咱借辆牛车吧，一次就能把青草全部运回家。"我又说道。

妈妈点点头，但是忽然又想起了什么似的，说："赶牛车是技术活儿，

一旦不小心就可能被牛伤着。我用牛车的次数很少,你也从来没牵过牛呢。"

贵珑听见了,说:"我能牵牛,我不怕!"

妈妈立即摇摇头,说:"可不能让你牵牛!你整天腿上绑铃铛——走到哪里哪里响,你不怕我还怕呢!"

"没事儿,我听王婶儿说过她家的牛很老实,就借她家的牛车,咱们小心一点儿就是了。"我很有把握地说。

"也行,明天贵珑和贵玥就不用跟着来了,咱俩一起赶牛车把草拉回家,今天就先把草放在地里吧。"妈妈说。

邻居好,赛金宝。妈妈去王婶儿家借牛车,王婶儿很爽快地答应了。

第二天吃完早饭,太阳已经高高地悬挂在天上。我来到王婶儿家,王婶儿一边把大门口的牛车收拾好,一边说:"贵玲,虽然这头牛很老实,但毕竟是牲口,所以你一定得小心别让它伤着!装车时给它一把青草吃,全部装完车你再牵着它慢慢回来就可以了。"

我答应着,壮着胆子从王婶儿手里接过牵牛绳,开始往玉米地走去。收拾好碗筷的妈妈也急忙出门紧紧地跟在牛车后面。

牛不急不慢地走着,就像要去田野里散步似的。我小心翼翼地牵着它,心里有点忐忑不安。我从来没有牵过牛,更不用说赶牛车了,心里有点慌也是正常的。

终于到了地头儿,我记着王婶儿的话,先拿一把青草给牛吃着,然后又和妈妈去地里把青草堆一一抱到车上。在我和妈妈一趟又一趟装草的过程中,那头黄牛一直静静地吃着草,好像装草的事儿与它无关似的。

看到多年来一直不敢靠近的老黄牛这样温柔地听我使唤，我竟然产生了成就感，甚至，我突发奇想，待会儿回家的时候，还可以像王大爷那样在牛车上坐着。

但是，等把青草全部装在车上准备回家时，我很自觉地打退堂鼓了，我根本就不敢坐到车上去，牵着牛绳在旁边走着，感觉更安全一些。

一路畅通。我担心的有可能和别人家的牛车在小路上会车的窘况并没有发生。慢慢悠悠地，我牵着牛就把一车青草拉到家门口了。我长长地舒了一口气，感觉自己的身上又增添了新的力量。

我让牛停下脚步，拿一把青草给它吃，开始卸车。我把青草一捆一捆地从车上抱下来，很奇怪自己竟然浑身充满力气，感觉卸车比装车容易多了。可是，就在我努力把车厢里的最后一捆草抱下车时，忽然觉得有非常沉重的东西一下子就压在了我的右脚上。我低头一看，是一只牛蹄子。我本能地使劲儿把脚抽了出来，感觉如释重负，然后继续卸车。一边卸车我一边感慨着：古人说"力大如牛"，真是一点儿没错！我现在终于知道这是一种什么感觉了。

妈妈半路上被林国盛的妈妈叫住了，所以回来晚了些。等她回到家门口，我已经把车上的青草全部卸完了，正准备把牛和车还给王婶儿。

突然，妈妈大叫一声："贵玲，你的脚怎么了？"

我低头一看：天哪！我的右脚大拇指全是血！我顿时感到钻心的疼，但仍然装作若无其事地说："刚才被牛踩着了。"

妈妈立即扶着我回家，让我坐在马扎上，然后兑了一盆温水，让我把脚放在里面，轻轻地给我洗了洗。等洗去血迹我才发现右脚大拇指的指甲已经不知去向了，只留下一团血糊糊的肉。看来，在我感觉到被牛蹄子踩住、本能地往后抽脚的时候，脚指甲被硬生生地抽掉了。

妈妈一边心疼地看着我，一边给我敷上了她麦收前防备镰刀割伤而自配的草药，然后让我把脚丫晾着，嘱咐我不能沾染脏水以免感染了。

我连连答应着，心里惊奇妈妈竟然还会自制草药呢。

妈妈去王婶家送牛车了。丝毫不知情的贵珑和贵玥还在炕上专心玩耍。我一边把脚丫放在马扎上晾着，一边吆喝："贵珑，你知道力大如牛的感觉吗？"

35 你归零了没有

——归零是重新出发的智慧和勇气,也是坚定前行、不断成长的契机

我收到了初中入学通知书,芙蓉满眼里都是由衷的祝福。她骑着自行车陪我到学校报到,我开始了初中生活,她则继续赶集卖日用百货品。

对我来说,初中生活是全新的。在所有的老师中,有两个人给我的印象最为深刻。一个是新班主任甄老师。甄老师个子很高、头发花白、不苟言笑,他戴着一副黑框眼镜,眼镜后面一双深邃的眼睛总是冷静地关注着班里发生的一切。

记得第一节课时,甄老师走进教室,不点名,也不约法三章,而是给全班同学讲了一个这样的故事:

古时候,一个自以为佛学造诣很深的人,去拜访一位德高望重的老禅师。老禅师的徒弟接待他时,他态度傲慢。后来老禅师恭敬地接待了他,并为他沏茶。可在倒水时,明明杯子里的水已经满了,老禅师还在不停地倒。

他不解地问:"大师,为什么杯子里的水已经满了,还要往里倒?"

老禅师说:"是啊,既然已经满了,干吗还倒呢?"

访客恍然大悟。

甄老师讲完这个故事便不再作声，教室里一片安静。经过考试选拔后从各个村庄汇聚而来的优秀学生都静静地看着他，完全不明白他要表达什么。

甄老师看到大家一头雾水的样子，忽然笑了，说："听不懂是吧？这个故事告诉我们什么呢？很简单：一个人要时刻保持归零心态。我知道，在小学的时候，你们都是班里出类拔萃的学生。但是，现在，曾经优秀的你们聚集在一起必然会重新排名，也必然会出现差异。如果你是没秤砣的秤——到哪里都翘尾巴，以为自己很了不起而不能虚心学习，那么，你的脑袋很可能就会像一个装满水的杯子，再也装不进去任何东西。所以，无论以前你们是什么情况，我希望你们从现在开始，调整好心态，彻底给自己的内心清零。让自己归零就会心胸开阔，戒骄戒躁，让自己清醒；勇于归零，才能面对自己，辩证地看待已有成绩，不断上升；也只有不断归零，才会放下包袱轻装上阵，明确新起点、点燃新希望、迎接新挑战，获得新的成功！"

甄老师自顾自说了一通，也不管学生们是否听懂，然后就开始上语文课。教室里全部是窸窸窣窣的翻书声，学生们似乎各自心情沉重。

我是第一次听见"归零"这两个字，冥冥之中觉得自己的小名似乎与这个"归零"有点儿关系。我觉得初中的老师很厉害，郎清老师见多识广，这个甄老师更是知识渊博、口若悬河，能遇上这样的老师是很幸运的！

一下课，林国盛就迅速凑近我，小声地问："贵玲，你归零了没有啊？"

他故意把"归零"二字加重了语气。

我白了林国盛一眼，心里明白他是什么意思。

林国盛饶有兴趣地说："你的小名儿很有意思啊！"

我看看周围的同学，狠狠地瞅了林国盛一眼，小声说："现在不是在小学了，你如果敢公开叫我的小名儿，我就给大家讲一讲你那半夜鸡叫的糗事。"

林国盛一愣，瞬间满面轻松，说："什么半夜鸡叫？那是周扒皮的事。"

我嘿嘿一声冷笑，继续小声说："你就不要鼻子里插大葱——装象（相）了。别以为我不知道，你妈和我妈说的话我都听见了。"

林国盛两手一摊，说："你听见什么了？和我有什么关系呀？"

我看见林国盛不仅没有心虚，反而还态度强硬，就说："你妈说了，你为了吃到鸡，半夜里故意把鸡圈的门敞开，想让黄鼠狼子钻进去偷鸡，结果，每一次你偷偷地把鸡圈的门打开，你妈就悄悄地再去把鸡圈的门关上，所以你一直没能吃到鸡。没想到吧？应该归零的是你呀！"

林国盛一听，顿时就像秋蝉落地——哑了。这时上课铃响了，他白了我一眼，悻悻地回到座位上去了。看着他尴尬的样子，我开心地笑了。

给我留下深刻印象的还有教地理的韩老师。那天，我对照课程表拿出了地理书，翘首盼望着新老师的到来。终于，上课铃敲响后，踏着铃声走进教室的，是一个穿着淡蓝色上衣的漂亮姑娘，她梳着两条黑亮的大辫子，站在讲台上十分醒目。

教室里立即安静下来，学生们都瞪大眼睛乖乖地望着老师。

"从今天开始,就由我和大家一起神游祖国各地。"老师微笑着说,露出两颗小虎牙。

什么?神游?我又是大开眼界的感觉。从书本上知道的那些美丽富饶的地方,一时半会儿是去不了的,但是在老师的引领下神游是可以实现的。

当我和妈妈说起"神游"的时候,妈妈感叹道:"井淘三遍吃甜水,人从三师武艺高。有文化的人说出的话就是不一样,你可得好好向老师们学习!"

嗯嗯!我当然会努力学习争取成为老师们那样有文化的人。

我还忍不住把"神游"告诉了芙蓉。芙蓉听后立即两眼放光,她说:"咱俩现在都先神游着,你好好上学,我好好赚钱,等你能熟练骑自行车了,咱们就到县城真游一番。"

36 "神游"变"真游"

——世界纷繁复杂，要做保持本真如沧浪之水一般清澈纯粹的人

没过多久，我和芙蓉的"神游"就变成了"真游"。

那是一个星期六的下午，我不上学，芙蓉也从集市上回来了。

芙蓉说："我听说临沂那个地方进货便宜，我想跟着人家去进货。"

我一听，马上反对："你一个女孩子家，独自跑远路是很不安全的！"

芙蓉笑了，说："我赶集卖货这么长时间了，什么人没见过？12356！去临沂进过货的王大姐都告诉我了，下午从县城坐车去临沂，在那里住一晚上，第二天一早去进完货，当天就能回来。"

没等我说话，芙蓉又说："你看这样行不行，明天咱俩骑自行车到县城看看沧浪湾，然后我坐车去临沂，你把自行车骑回家。"

"啊？这样能行吗？"虽然我骑车的技术已经比较熟练，但是我从来没有想过要从县城独自骑着自行车跑几十里路回家。

"12356！到县城的路很简单，不用拐弯。"芙蓉很轻松地说。

听芙蓉这么说，虽然我觉得这是一个很冒险的做法，但是一想到可以看看传说中的沧浪湾，还有可能遇见郎清老师，我就跃跃欲试。

"我得和我妈说一说。"我说。

"万一你妈不同意你去呢？咱俩还是偷着去吧，反正你下午就回来

了。"芙蓉说。

"不能偷着去，我什么事情都要和我妈商量。如果偷着去，万一不能按时回来，我妈得有多着急啊！"我很认真地说。

回到家，我就把自己和芙蓉的想法告诉了妈妈。

妈妈听罢，立即说："不行！你们两个小姑娘，骑自行车去县城多危险啊！你还要独自骑车回来，我不放心！"

我耐心地说了去沧浪湾，然后是一顿央求。最后，妈妈勉强答应了，还给了我十块钱，千叮咛万嘱咐我路上一定要小心。我激动地做了一夜的梦。

第二天一早，我和芙蓉就像两只放飞的鸽子，骑着自行车飞奔去县城了。我俩一路上说说笑笑，按照芙蓉早就打听好的地址，径直来到了沧浪湾。

沧浪湾好像刚刚修整过，四周都用石头砌着，上面安装着栏杆。栏杆周围种了很多柳树，我想这应该是贺知章的诗句"碧玉妆成一树高，万条垂下绿丝绦"所描述的垂柳吧。我俩兴致勃勃地沿着一座弯弯曲曲的小桥（后来知道那是九曲桥）来到坐落在沧浪湾中央的小亭子，我看见在这座造型独特的亭子上面，写着"漾月亭"三个大字。在亭子的下面，有很多瓷蛙正喷着雾水，水里有很多漂亮的荷花，很多小鱼在水里游来游去。

我和芙蓉站在漾月亭里四处远望，遗憾的是没有看到郎清老师的身影。虽然没能和郎清老师不期而遇，但他浑厚的声音似乎在我耳边清晰地响起："沧浪之水清兮，可以濯吾缨；沧浪之水浊兮，可以濯吾足。"

我不由得学着郎清老师的腔调念出了声。

芙蓉大惑不解地问道:"你怎么了?你在念叨什么呀?"

我看看芙蓉,说:"你忘记了吗?这是郎清老师曾经念给我们听的呀!"

芙蓉半信半疑地摇摇头,说:"我怎么一点儿印象也没有呢?这些话说的是什么意思呀?"

我估计芙蓉早就忘记了,毕竟,这些话对我们来说实在难懂,如果不是来看沧湾公园之前我特意去问过甄老师,我也记不清这些诗句,也不懂这句话的意思。

我一本正经地对芙蓉说:"这句话的意思是:如果沧浪的水清澈,就用它洗洗我的帽缨;如果沧浪的水浑浊,就用它洗我的脚丫。"

芙蓉认真地看看亭下的水,满脸不屑地说:"什么水清水浊的,你看看,这水明明就是绿色的!"

我看着确实泛绿的水,再看着满眼探寻的芙蓉,十分肯定地说:"反正,在我心中,沧浪清清!"

芙蓉看着我,把嘴一撇,不再说什么。虽然观点出现分歧,但这并不妨碍我俩接下来叽叽喳喳地在九区桥上走来走去。

37 我决定冒险
——勇敢开启一段未知的旅程，或许就能实现自我挑战与突破

一晃就到了中午，我和芙蓉匆匆吃了碗面条，立即赶到汽车站。芙蓉买票坐上了去临沂的车，我则骑着芙蓉的大金鹿自行车马不停蹄地往回赶。

我沿着县城的大路，一路向东骑行。刚出县城，就看见大路边上有一个女孩儿正在疾步前行。

她也是回家的吧？我想，反正车座闲着，倒不如和她做个伴儿。我停下车，回头喊道："你也回家吗？咱俩应该顺路，我带着你吧！"

女孩儿听见喊声，先是一愣，然后惊喜地回答："真的吗？太好了！我以为自己要走到天黑呢！"

说着话，女孩儿快速跑到我面前。于是，这个高我一头的大女孩儿就跳上了自行车后座，我俩一边聊天，一边结伴踏上归程。

聊天中我了解到，这个女孩叫玉梅，今年刚刚考上县城的重点高中。今天是周末，她忽然很想家了，没赶上长途汽车就干脆步行。

"明天不用上学吗？"我问。

"我跟班主任请假了，晚到校一会儿就行。"玉梅说。

我很开心，觉得在大路上遇到这个优秀的女孩儿真是缘分。我希望自己初中毕业时也能考入县城的重点高中。

我俩说着话慢悠悠地回家。其实，不慢是不可能的，玉梅坐在后面似乎有千斤重，我蹬着自行车感觉很吃力。而且，那天下午的风忽然变得很大，车辆一过尘土飞扬，常常眯了我的眼睛。我小心翼翼地蹬着自行车，紧贴着马路的边儿奋力地向前。偏偏回家的路有很多上坡，有时不得不推着自行车走，甚至停下来歇一歇。没办法，玉梅不会骑自行车，所以全程只能由我一个人骑。

走走歇歇大半天以后，在玉梅的指引下，左拐右转就到了她家所在的村庄。在村口碰到一个扛着锄头的女人，玉梅惊喜道："那是我妈。"

玉梅妈妈看到我俩忽然出现在眼前，有些惊讶。等玉梅一说经过，她就非常热情地邀请我到她家里坐坐。我谢绝了，因为经过刚才的左转右拐之后，我已经是蒙在鼓里听打雷——弄不清东南西北了。

玉梅妈妈给我指了一条可走的小路，我赶忙骑上自行车继续前行。当我回头跟玉梅摆手再见的时候，我确切地看见，身后的村舍已亮起了灯。

我顺着陌生而崎岖的小路，一个人骑着自行车。路两边比人还高的玉米秆随风沙沙作响，使我想起电影里许多野兽出没、鬼魂跟踪，甚至是拦路抢劫的画面。我越想越害怕，大声地说着12356以提醒自己保持镇定。

可是，刚过了一个村庄就碰到了岔开的两条小路，我不知所往。环顾左右，除了黑乎乎的几片玉米，根本就没有可问的人。

怎么办？这样被动地等不是办法。我决定冒险，凭直觉选择一条路直冲出去，无非是走错了回头再走嘛！适时归零！我故作轻松。

终于又到了一个村子，此时此刻，家家户户的灯光闪烁得很是得意，还不时送出诱人的肉香。夜幕，严严实实地降临了。

我不知道这是什么地方，更不知道自己如何才能走向自己的家所在的村庄。看着空寂的街，我犹豫着是否该敲门问路。

正在迟疑着，我忽然听到远远的脚步声。我又喜又忧，当脚步声越来越近时，我松了一口气，因为我发现走来的是一位老人。

"爷爷，请问这是什么地方？离南贤村远吗？"虽然我清醒地记着妈妈的叮嘱，不要轻易向陌生人透露自己的去向。但是，在这个失去了方向的时候，面对一位满脸慈祥的乡村老人，我根本就没想设防。

"这是管家寨，过了那座岭就是南贤村。"老人指了指身后说。

我一听，既高兴又害怕。因为我知道那是一座布满坟墓的野岭，三大爷就安葬在那一片坟地里。而且，从很小的时候开始，我就听到过很多关于那座岭上经常出现野火鬼神的传说。

"爷爷！"我鼓起勇气说，"您能送送我吗？就过了那座岭。"倔强的、从来不愿给别人增添麻烦的我，竟然也厚起脸皮开口求助了。我实在太恐惧那片坟地了。

"唉，真对不起，姑娘。"老人充满歉疚地说："你看我的胳膊……"

我定睛一看，这才发现老人的右胳膊竟然是用绷带吊在脖子上的。

"哦，那就不用您送了，谢谢爷爷！"我说，感觉自己的心就像云彩里翻筋斗——没着没落。我既失望又惊慌，然而箭在弦上——不得不发，我知道只能一个人过那道岭了。即便是老人愿意，我也决不会让一位受了伤的老人送我过岭然后再黑灯瞎火地回家。

这都是命！我竟然这样想了。

告别老人，我推着自行车，沿着老人所指的方向直接奔跑起来。只要安全跨过这座岭，家就在眼前了，我安慰自己说。但是，我心里还是充满恐惧。我清晰地想起人们常说的这个季节野岭上常常出现的当地人叫作"犸虎"的东西，还有人们讲述的关于鬼魂的一切，关于拦路抢劫的一些……此时此刻，我的脑海里全是这些画面在闪现。

我推着自行车，继续沿着崎岖的小路飞奔着，只有爬上这个坡，才能骑上自行车。不知道为什么，我忽然想到了一个字：死！我清晰地想起了三大爷头东脚西躺在炕上的那个画面。死，可能是很简单的事。我有可能被"犸虎"吃掉，被拦路抢劫的人一棍子打死而永远地告别人世……顶多不就是死吗？我咽下一口唾沫，连死都不怕了，还怕什么"犸虎"呢！

不知道过了多久，我终于爬上了坡。我立即跳上自行车，两只手紧紧握着车把，两只脚牢牢地踩着两个脚蹬子，竭力保持身体平衡，飞速向前。路两边的远处是黑乎乎的松树林，路两边的近处是一片坟堆。我尽量目视前方，顺着崎岖的小路急驰而下。我感到自己脑中一片空白，只有耳边呼呼的风声……

万一就这样消失了，真遗憾啊！不知道怎么回事儿，"死"的念头又一次闪入我的脑海。我的心头忽然涌上一种从未有过的感受，我第一次明白，原来自己竟然怕死。难道就这样死去吗？我还没考上重点高中呢！我还没见到郎清老师呢！我还没真游祖国各地呢！我还……

究竟过了多久，我不知道。到底是怎样到家的，我也忘记了。

正站在门口东张西望的妈妈一见到我，一下子就把我紧紧地搂在怀里了。自从贵珑和贵玥出生后，我再也没得到过妈妈的搂抱。我感到久违的温暖。我哭了，可能是平安回家激动的。但我立即擦干眼泪，兴奋地讲述沧浪湾、路遇考上重点高中的玉梅和吊着胳膊的老爷爷，我就像打了胜仗一般……

夜深人静，妈妈、贵珑和贵玥都发出了均匀的呼吸声。我躺在炕上，竟然睡不着了。回想今天发生的一切，我感觉自己简直就像做梦。

我忽然觉得懂点儿甄老师的话了。生命中会经历很多事，有成绩、有收获、有快乐，也会遭遇不如意和挫折。要像甄老师讲的：要有归零心态，及时把杯子里的水倒空，才能倒上新的水。如果杯子里装满了痛苦、挫折、不愉快等，幸福和快乐就很难放进去了。

我想起了韩老师说的话："欧阳修文，好名字啊！贵州有个修文县，知道吗？修文古名龙场，康熙二十六年建县，取'偃息武备，昌明文教'之意，命县名为修文。后来王阳明来到那里，潜心研究《易经》，大悟'格物致知'之旨，创立'知行合一'学说，晚年又创立了'心学'体系，修文也因此被誉为'王学圣地'。"

我又想起妈妈的传家宝，想起妈妈给我起的名字：贵玲——妈妈是想让我时常让一切归零吗？修文——妈妈是希望我学习欧阳修做个有文采的人吗？总之，我肯定地认为：妈妈把很多心愿和无限希望寄予在我的身上。

我还想起了武老师和学区校长的话：不要做种在花盆里的树！虽然身在农村，要做一个胸怀天下的人……